U0681747

红夹克

王昕朋◎著

中国言实出版社

图书在版编目（CIP）数据

红夹克 / 王昕朋著. –– 北京：中国言实出版社，
2013.12
ISBN 978-7-5171-0409-4

Ⅰ.①红… Ⅱ.①王… Ⅲ.①中篇小说–小说集–中
国–当代 Ⅳ.①I247.5

中国版本图书馆 CIP 数据核字（2014）第 025860 号

责任编辑：李　生

出版发行　**中国言实出版社**
　　　　地　址：北京市朝阳区北苑路 180 号加利大厦 5 号楼 105 室
　　　　邮　编：100101
　　　　编辑部：北京市西城区百万庄大街甲 16 号五层
　　　　邮　编：100037
　　　　电　话：64924853（总编室）64924716（发行部）
　　　　网　址：www.zgyscbs.cn
　　　　E–mai l：zgyscbs@263.net
经　　销　新华书店
印　　刷　三河市祥达印刷包装有限公司
版　　次　2014 年 4 月第 1 版　　2014 年 4 月第 1 次印刷
规　　格　690 毫米 × 930 毫米　　1/16　　印张 12.75
字　　数　150 千字
定　　价　25.00 元　　　　ISBN 978-7-5171-0409-4

目录

红夹克

北沙滩在北京北四环与北五环之间，严格说来算是北京城北。但这里的居民不认同，城北就是城的北边，现在五环之内都算城区了，只能说是北城，而不能说是城北。这就是北京人与众不同之处，凡事不论大事小事都得争个里表。

建八达岭高速时，在北沙滩修了一座桥，叫北沙滩桥。桥下有一条东西大道，因为要举办2008年北京奥运会加宽了，双向都是四车道。桥下南北方向的辅路也照旧行车。这样，实际上还是个十字路口，而且比起没有桥的十字路口还复杂、拥堵，东西方向行驶的车走完了，亮起了红灯，南北方向行驶的车再走，而南北方向行驶的车有调头的，有西行东行的，轮到东西方向放行了，也是如此，所以，一个红绿灯的时间相对长一些。红灯亮起时，车子一停，马上就变成了马路市场，散发小广告的孩子不知从那儿突然冒出来，挨车递发着印刷精美的广告，碰到车窗紧闭的，胆大点的孩子还会咚咚地敲打车窗，让司机把窗户打开。你不打开也可以，他自有办法，把事先折叠好的小广告朝你车窗玻璃缝里一塞，爱看不看。这些散发的小广告大多是房地产的，你弄不清那些房地产老板钱多了没处花还是不懂理财，究竟有多大作用也就是有多少人相信这类小广告，然后前去问津就不得而知了。除了这些散发房地产小广告的，还有发名片的，大多是收购二手车、房屋中介的、也有治病、桑拿按摩的。可能顾主是以散发的数量给那些孩子们报酬，因而那些孩子一辆车给几张甚至一摞。有的车主不喜欢，和那些孩子吵架骂架的事时有发生。负责管理这类事情的部门虽然不时出来整治，可是今天整治过了，过两天又雨后春笋般涌出来。据说有人投诉到某媒体。媒体记者来看了一趟，现场采访了几个孩子后，感慨万端地说，这是转型时期中国社会的一个特殊现象，你总得让他们也有口饭吃吧。

最让车主头疼的是那些拦车乞讨的。自从北京申办奥运会成功以后，奥运场馆建设进入了高潮时期，向奥运工地运送物资的车辆多起来，交通经常出现拥堵。那些乞丐也好像信息非常灵通，一下子集结过来好几批。车一停下来，他们不知从那儿突然冒出来，毫不犹豫地向车主们伸出手。这些乞丐可谓形形色色，五花八门，有男有女，有老有少，老的上至六七十岁，挂着拐杖，有的架着双拐，还有的是高位截瘫的，也有双目失明的老头老太太，小的七八岁，最少的只有四五岁，个子还没有车高。这些孩子们有少胳膊少腿的，有聋哑的，也有拄着拐杖的盲人。很多车主每天见到这样的情景，非常感叹，在博客上撰文批评对乞丐的管理不到位，感叹社会分配不公，贫富不均。当然也有人质疑，这些孩子们是不是被人胁迫的？因为他们这个年龄应当坐在教室里，发出朗朗读书声……

这些乞讨者也都有"单位"，有"领导"，并且"单位"还有严密的组织纪律。在北沙滩的乞讨群体中，两个"领导"较为有名，一个叫"大仙"，60多岁。一个叫"大牙"，没有年龄。他从来不告诉任何人自己的实际年龄，所以别人只能从他的相貌也就是表象上猜测，有的说他二十八九岁，有的说他三十五六岁。有一个傍黑，他拦一辆宝马车乞讨时，宝马车的女司机、一个三十出头的女人给了他十元钱，然后向他打听去一个楼盘的路，竟然叫了他一声大爷，气得他就差没把那张十元的钞票撕碎。

"大仙"领导的是老年人队伍。这支队伍有六七个人，年龄最大的七十多岁，最小的也五十挂零，成员多来自"大仙"的老家。这六七个人是他的骨干力量，有的跟随他有一定年头，不仅在北京的北沙滩一带混，在北京查得严厉的时期，还辗转去过海南三亚、广东珠海。他的队伍最多时达20多人。毕竟是老弱病残的多，有的身体不好坚持不下来，回老家了，不回老家"大仙"也得赶他走。妈的，我"大仙"总不能给你养老送终吧！有的当初是因为和儿女伴几句嘴，赌气离家的，儿女找来了，接回家了。在"大仙"看来，人少有人少的好处，起码不用"大仙"多操心。再说，这些坚持下来的骨干，在乞讨上有经验，一个顶"大牙"那边仨。每个月下来，都能给"大仙"进账万儿八千。他除了租房，就是喝酒、赌博、睡小姐，去掉三分之一，每月还能有个几千元钱的结余。几年下来，他的银行存款已经接近6位数。妈的，还想什么？

"大牙"的队伍比"大仙"壮大，有十多个，年龄最大的三十五，是个妇女，称"大牙"为表弟，"大牙"称她表姐，那些孩子也跟着他称表姐；年龄最小的是表姐的小闺女京京，今年刚满五岁。他这支队伍的成员来自五湖四海，所以"大牙"给自己的队伍起名就叫"五湖四海"。"大牙"的队伍的稳定性比"大仙"相对好些。毕竟都是些没成年的孩子，去的地方少，见的世面少，经的事也少，跟着"大牙"不用出力流汗，就是钻到车堆里伸伸手、张张口，再不然流几滴眼泪，肚子就能填饱了，还有零钱花，只不过偶尔不小心被车剐一下碰一下，破层皮，流点血，下次注意呗。

不过，"大牙"比"大仙"多一份不安，因为这些孩子不像"大仙"那里的老人一样能吃气，也就是忍气吞声。"大仙"不高兴或者喝醉酒时，骂他们几句他们也不还口，乞讨时遇上态度不好的司机，挨几句骂也是忍气吞声。"大牙"这边的孩子不行，脾气大，火气旺，有时在路上碰到态度不好的司机，张口就和人家对骂，甚至朝人家车上扔矿泉水瓶、石头块，引起纠纷。曾经有几次车主追到"大牙"的住处，如果不是"大牙"经过风雨见过世面经验丰富，说那孩子是住在附近的打工人家的子女，放假到北京来玩的，可能他本人也会挨一顿骂甚至拳头。都说北京是首都，首都市民的素质应当不差，岂不知"京骂"世界闻名。"大牙"在这方面体会最深切。还有个孩子因为和司机吵骂，影响交通，被交警追到住处。"大牙"急中生智把他藏在了垃圾箱里，才没被抓个"现行"并影响"大牙"的团队。

从那以后，"大牙"就给他们下了死命令，任何人被警察盯上都不允许朝住的地方跑。否则，警察不抓你，老子也弄死你。

"大牙"这边的收入与"大仙"不相上下，但开支比"大仙"要多得多。"大仙"那边的老家伙吃不讲究穿不讲究住也不讲究，六七个人住在一间地下室里，春夏秋冬也没人提改善伙食、洗澡一类的要求。"大牙"这边的孩子不行，挑吃挑穿挑住，就说吃吧，一顿饭没见肉，就有人撂挑子。到了夏天，早上出去得冲澡，中午回来得冲澡，晚上睡觉前还得冲澡。水钱也得他"大牙"付。到了哪个孩子的生日还必须聚一次，这个向"大牙"借钱说给小哥们送生日礼物，那个向"大牙"借钱说是请小哥们吃饭。"大牙"要是不借，他们就联合起来和他闹。这两天，就是因为给一个叫小红的女孩过生日，他没有借钱给他手下的骨干小马，小马和他闹起了别扭，两天没讨来一分钱，他还得管他吃喝。

我靠，这不乱了章法，到底谁是老板？"大牙"决定向"大仙"请教锦囊妙计，就在晚饭前给"大仙"发了条信息，说是请"大仙"喝酒。"大仙"回了条信息，问是不是"鸿门宴"？他又回了条信息说不是"红"门宴是"白"门宴。"大仙"说的鸿门宴他不懂，他没"大仙"喝得墨水多。

北沙滩桥西北角是这一带夜生活比较丰富的地方，有各种风味的餐厅，大排挡，也有美容美发店、洗浴中心，还有几家小歌厅。别看三环四环只有几里路之遥，但就像一个天上一个地下。"大牙"听

"大仙"说，"大仙"听老北京人说，如果不是要开奥运会，这一片还经几年才能开发。同类消费场所相比，这个地方的消费水平比三环内差了一大截，就说歌厅吧，三环内随便一家歌厅的一个包间，一晚上得几百元，装修好一点的或者是星级酒店里的歌厅，一个房间上千元甚至几千元的都有，即使是地下室，一个包间一晚上也得二三百元。那些有钱人常去的私人会所类的地方，一个房间最低都要一两万。而这个地方的几家歌厅，一晚上一个包间也就一百元。同样的啤酒，进了星级歌厅的包房，一瓶几十元、上百元，而这里一捆也就几十元。就是这样，"大仙"和"大牙"也很少踏入那种场合。富人有富人的行乐方式，穷人有穷人的行乐方式。富人可以包养小姐，或者在私人会所、高档洗浴场所找小姐，"大仙"和"大牙"实在想女人了就在附近找"站街妹"，20元钱放一炮，和那些富人们的享受是一样的。用"大仙"的话说，什么他妈的丑了的俊了的，一关电灯，都是明星。"大牙"于是附和着说，一个样，一个样！

"大牙"请"大仙"的地方在大排档。两个找了个角落坐下，每人要了一瓶啤酒，点了一盘花生米、一盘炒土豆丝，边喝边聊起来。

"大仙"问"大牙"找他有什么事。他说，咱俩是冤家对头，你狗日的平时恨不得给我肠子里灌尿，没事不会请我喝酒。要是爷们没猜错的话，你那边可能有人要反水？

"大牙"喝了口酒，因为嗓子里还有颗花生米没有吞下去，噎了一下，说话不太清楚。咱，咱爷们过去是，是有点不痛快。可是，自打要开奥运会，咱，咱爷们不就同甘共苦了吗？你，你老人家凭良心说，我管教手下那些兄弟还，还可以吧。

"大牙"说的是实话。过去，"大仙"和"大牙"因为争地盘、争
收入的事没少了打打闹闹。"大仙"那边老人多，遇了事最多是开骂，
一般不会赤膊上阵。一个被"大仙"称为二叔的跛腿老头就公开说过，
为了十元八元钱把命丢了，不值！"大牙"那边的孩子多；一个个初
生牛犊不怕虎，骂上两句就动手，而且出手重。二叔就被"大牙"那
边的小马用砖头砸破过头。报警吧，没那个胆；报复吧，没那个实力；
忍气吞声，那就等于宣布退出北沙滩。再说，以后谁还跟着你"大仙"
混？"大仙"最后决定采用缓兵之计，表面上先与"大牙"握手言欢，
等找到机会再报复。他请"大牙"在大排档喝了一场。各自一瓶啤酒
下肚，话题直奔"场子"上的事。"大牙"自知打伤了人理亏，让
"大仙"痛快淋漓地骂了几句。不让他骂几句，他真赖上你，让你赔医
药费、误工费，再加上什么乱七八糟的精神损失费等等，你能赔得起？

"大仙"骂了几句，心里稍微痛快了一些，又割地给"大牙"。北
沙滩一带有几座书报亭，有人等公交车时为了消磨时间买张小报看，
看完或者没看完，车一到站就随手丢了。"大仙"遇上了就随手拣起
带回到住的地方看。有些小报专登名人轶事，标题大得吓人，什么
"大智慧"、"大智大勇"云云。不过，"大仙"的确从一些文章中受
到过启发。他向"大牙"割地就是从小报上学来的。他说，咱爷俩过
去是以桥东桥西分场子，你可能觉得我占的桥东一块生意好，不公平。
那大爷我今天提个新法子，以路划分，路南归你，路北归我，你看行
不行？大爷这可是丧权辱国啊！

"大牙"端着酒杯想了一会。虽然同是一条南北路，但中间被北沙
滩桥隔开后，桥东桥西的生意的确不一样。从东往西行的，到了桥下

7

如遇红绿灯，左转调头和向西直行的车辆都要停下，这时上前乞讨比较方便。过了桥以后，不管是左转调头南行的还是向西直行的，桥西"大头"的人不能上前拦车乞讨，再说，即使路上堵塞时，人家也不会连续付你乞讨钱。从西往东行的，有直行向东的车，有右转向南的车，也有桥下调头左转向北的车，你只能在红绿灯亮时找停下来的直行和调头的车乞讨，不能拦右转行驶的车。关键不在这儿，在车主不一样。从东边过来的，大多是住在一座座机关和一片片社区里的人，桥下左转调头往南多是去四环、三环或二环内上班、办事的。这些人相对比桥西那些学校的、做小买卖的收入多，见了乞讨的，善心一动，能给个块儿八角。从西边过来的一些送货送料的大车，别说乞讨，人还没沾车的边车上就骂开娘了。所以，"大牙"那边的人为了完成"大牙"分配的指标任务，经常跑到桥东与"大仙"的人争场子和份钱。"大牙"听"大仙"说要重新划界，当然求之不得。他恭敬地和"大仙"碰了杯，说，大爷你真是我亲大爷，想得太周到了。打今儿起，我把你当亲大爷，我手下的兄弟也会把你当亲大爷。

其实，"大牙"根本就弄不清"大仙"的心事。

北京申奥成功后，因为奥运主场馆就在北沙滩东边，场馆建设、道路建设就热火朝天地开始了，一些房地产开发商也来这里布局，整个北沙滩地区车水马龙，一片热闹景象。交警、城管、环保、卫生、街道办事处、社区居委会等部门也加大了治理力度。拦车乞讨作为一个社会问题，既影响交通，又影响市容，被当作一项重点整治内容。那段日子里，"大仙"和"大牙"的日子的确不好过。今天，"大仙"那边一个老头被城管抓了"现行"，交有关部门遣送回了老家；明天，

"大牙"这边一个孩子被交警捉了个正着，送进了收容所。风声最紧的时候，"大仙"那边一连六七天没敢出门，"大牙"这边也是按兵不动。坐吃山空对于他们来说无疑是要命的事。"大仙"急了，拄着拐杖到北沙滩桥一带转悠，想实地看看，寻找机会。他发现桥西那边悄无声息地发生了变化。最明显的是好车多了起来，原因也很清楚，到东边场馆工地来的老板多了，看房买房的多了。姜还是老的辣，这一点，"大牙"比不上他。他提出重新划界，让"大牙"觉得占了便宜，其实真正占便宜的还是他"大仙"。

不过，从那以后，"大牙"的人对"大仙"的确客气多了。

"大仙"想到这里，对"大牙"说，你爷们够义气，你大爷我也守信用吧。二叔有一次跑路北边去，回来让我骂了个狗血喷头不说，还停了他三天的工。他停三天工，损失几十元呢。

"大牙"笑了。接着又板起脸。大爷，刚才让你猜对了一半。我这有两个小冤家，不是单想反水、溜号，是想和我平分秋色。

"大仙"一愣，怎么可能有这事？怎么可能呢？不都是你招得小马崽吗？

"大牙"长长叹了口气。这两都是90后的孩子，和前几批的孩子想法不一样。他们说提着脑袋干活的是他们，挣得钱却归了我，不公平。背地里还他妈的骂我资本家，黑心！

屁，啥叫公平？"大仙"火了，那些下煤窑挖煤的不是脑袋瓜子拴裤腰带上，一年四季见不着太阳，一百个人的工资不如老板打一炮给小姐的钱多？你再带他们到东边场馆工地问问，那些盖房子的一月挣多少，他们的老板挣多少？要不是你罩着，这些狗日的小崽子敢在北沙滩混？喝了一口酒后，嘿嘿笑了，啥叫资本家，那是有钱人，有大钱的人！你也是资本家，说出去让人笑掉牙！

"大牙"也自嘲地笑了，说，资本家还不如咱。他资本家能想睡到几点是几点吗？接着又问，你那边是不是也新来了个老妈子？没等"大仙"回答，又说，那老妈子和二叔有一腿。听说他俩也在密谋向你"篡党夺权"。

"大仙"哈哈大笑了几声，一口气喝干了剩下的半瓶子啤酒，喊服务员再上两瓶。他见"大牙"皱了皱眉头，说，这两瓶酒算我的。一会儿你就买两瓶酒的单。他把"大牙"面前剩下的半瓶啤酒拎过去，喝了一大口，说，我给你说爷们，二叔没那个艳福，别听他吹。你大爷我那新来的老妈子姓刘。这刘老妈子是奔你大爷我来的。她刚来就和你大爷我好上了。我只是让二叔带带她。

"大牙"毫不客气地骂"大仙"吹牛。大爷，你老人家今年六十挂零了吧，还那么猛？

"大仙"一瞪眼，咋得，不信？等你到了我这个年龄试试。他说完，见"大牙"好大会儿没说话，自知没趣，低声说了一句你大爷我有补酒。

"大牙"脑筋转得快，马上接上话茬，大爷，我有个老乡这两天过来。我让他给你弄一瓶鹿鞭酒。好使！

"大仙"高兴眉飞色舞。他嘱咐"大牙"说，对那些不听话的小崽子，你得像你大爷我一样心狠。俗话怎么说来？叫诚不做官慈不经商。咱这是经商，不是收容，你懂吗？

"大牙"点了点头。

二

让"大牙"头疼的两个孩子一个叫小马，男孩，15岁，来自东北；一个叫小红，女孩，13岁，来自西北。当然，他俩的名字和在"大牙"手下干活的孩子一样都不是真名，报的籍贯也不是真的，唯一能证明真实身份的是没有完全变过来的地方口音。农村小学的老师虽然也用普通话教学，但真正达到"国标"的不多。再说，孩子在学校刚学会两句普通话，一进家门被家长吼两句就丢脑袋后边去了。你敢在老子面前臭显摆，你以为你是谁？

小马说他14岁。"大牙"觉得小马没骗他。小红说自己12岁，他不太相信，12岁的乡下女孩有长一米六的高个子的吗？你爸爸妈妈是不是给庄稼施化肥放错地方了？所以，他打一开始就不喜欢小红。不过，一个月下来，他的观念就变化了。因为小红给他带来的效益远比其他人高。

小红没有残疾。"大牙"给她单独排了场戏，让她脖子上挂着个牌子，牌子上写着"为母亲治病休学救助好人"一行字。小红起初不愿意，她说，我妈没病，我还咒我妈呀！"大牙"说，你妈就他妈的有病，穷就是病。你没听老人们常说穷命穷命？小红不说话了。

这一招还真行，小红第一天就给他挣回来几百元，其中有一张一百的大票。他拿着那张百元的票子，在灯光下反复看了几遍。不知是觉得地下室里灯光不亮还是自己的眼睛有问题，又拿着那张大票到地上的路灯下边看。看了还是不相信，就到小卖店买了一盒2元钱的烟。

小卖店虽然小，但店主有验钞机，往上一放就知真假。店老板说，你丫是买烟还是找零钱？他有些不好意思，又花两元钱给小红买了只雪糕，以示对小红的奖励。

小红自己也很高兴，说北京就是北京，北京人真好，一看我这牌子，很多人主动开了车窗把钱递给我。

"大牙"说小红你明天要是再挣两百元，我再多奖你一只雪糕。

小红说，叔你真好，高高兴兴地出去了。不一会又返回来，直截了当地问"大牙"，要是人家认出我怎么办？"大牙"皱着眉头白了她一眼。你妈想得还挺多。谁能认出你一个讨饭孩？就算认出了，你就说救你妈的命要一百万，这一百元离一百万差十万八千里。

小红第二天果然又给"大牙"拿回来三百多元，他也兑现承诺，给小红买了两只雪糕。小红又高高兴兴地出去转悠了。不过，这一次她回来得挺快，还抹着眼泪。"大牙"问她，谁惹你了？小红说，小马骂我傻B，还把我的雪糕打在地上用脚腻。"大牙"摸着小红的头，亲切地说，闺女，他是嫉妒你，别理他。说完，他掏出两元钱，让小红自己再去买一只雪糕。他亲眼看见小红出门时，小心翼翼地把那两元钱塞到裤兜里。

"大牙"叫来了小马，辟头盖脸地把他臭骂一顿。当然，"大牙"不失时机地添油加醋，说，那个丫头会来事，要给我磕头认我干爸。我没答应。我说你们几个孩子在我眼里一律平等。小马那孩子比你经验多，比你能干，你多向他学习。她还不服气，说凭什么呀？这小屁孩！小马气得握紧拳头，咬牙切齿地骂了一声，操他妈！

"大牙"要的就是这个效果。他不能让孩子们抱团。他们一抱团，他的"领导"地位就动摇。这是"大仙"教给他的。"大仙"说你要巩固你的领导地位，就得会耍手腕，想法儿让你手下那几个孩子内斗。他们要是团结了，对你不利。不过，"大牙"也不允许他们之间闹得不可开交。他们要是闹得不可开交，只有"大仙"才能渔翁得利。所以，他用烟头在小马额头上烫了个红印，说，这是你欺负小红的报应。你小子给老子记住了，你来得早，又是大哥，得给他们带个好头。

往后，"大牙"仔细观察，小马和小红之间的确别别扭扭。表姐几回抱怨，这两个孩子不知前世结了多大的仇，一见面就掐。到了夜里还在被窝里斗。你撕我扯，他蹬你拽，破被子本来就不硬实，现在撕扯成棉花套子了。"大牙"笑笑，说表姐你省省心，只要不抢你被窝，你就装着看不见。

"大牙"这边的十来个人，都住在一间地下室里。地上铺了一层厚厚的柴草，柴草上边铺了一张他从收破烂的老乡那儿十元钱买来的毯子，就权当是地铺。表姐和京京占了一个角落，其他七八个男孩女孩也不分你的我的，想睡哪片就睡那片。"大牙"当然不和他们挤在一间屋子里。几百米外有一处工地，工地有间值夜班人员住的工棚，工棚里有张上下铺的钢架床。他和那个值夜班的说好，每天给那人两元钱，让他睡在上铺。那个值夜班的有时候外出，他就顶替他值班。他把那边地下室的几个孩子交给表姐负责管理，谁要是外出得经表姐同意。表姐样子凶，人也凶，哪个孩子不听话，她张口就骂，抬手就打，以那些孩子的老娘自居。只有对小马，她有点儿打怵。

小马刚来时对"大牙"也是百依百顺。别的孩子到了睡觉时间爬上床就睡。小马却热情地给他打洗脚水。他泡脚的时候，小马有时还在他身后为他捶背。在他心目中，小马做这些并不是他比别的孩子有心计，而是懂事，有孝心。他拿小马与别的孩子比，骂别的孩子没文化。你们看看小马，人家也就比你们多读一两年书，这一两年多学的文化那可是几卡车。一个孩子问他啥叫卡车？他生气地踢了那孩子一脚。你每天上街眼睛都放屁股沟藏着呀？那些拉货的大车你看不见？！

那时，"大牙"对小马的确偏心眼，让他当"主管"。他不懂主管的真正职责。有一次，他在街上乞讨时突然下了大雨，一急之下跑进北沙滩一家星级酒店躲雨，听见服务员叫一个小头儿模样的为主管。所以，他认定主管就是个管事的，不过是称呼变了。这年头什么称呼不变？过去叫卖淫的为婊子，现在叫小姐，还有个更文雅的名称叫性工作者、不良女青年；过去叫他们这些人为叫花子，以后叫要饭的，现在则叫乞丐；过去叫企业的头儿为厂长、经理，现在则称老板；就连一些大机关单位的职员对领导也称老板。他对小马说，主管就是协助我管事的。小马问，我管什么事？"大牙"想了一会，拍了拍小马的肩膀，说，你就管让他们几个多给我挣钱。小马又问，表姐和"大仙"那边的二叔眉来眼去我管不管？"大牙"照头上给了他一巴掌，骂道，公狗母狗吊秧子你也管呀！

实际上，他就让小马看着那帮孩子。妈的，要是哪天挣钱多了一溜烟跑了，我到哪找他们？

有一段时间，小马和小红都很听他的话，争相在他面前表现自己，也就是在他眼前争宠。有一次，小马买了瓶矿泉水和两个男孩分着喝，被小红看见了，偷偷地告诉了他，他把小马狠狠地揍了一顿，罚他第二天多讨十元钱。小红有一天上午去公共厕所时间太长，小马向他告发说小红偷懒，他拧着小红的耳朵把她从地上拎起来，小红扑哧扑哧又是放屁又是拉稀，他才相信小红闹肚子，放了她一马。在那段时间里，他的收入直线上升，让他每天都乐呵呵的，我靠，就这一天几百几百地进账，一年的时间老子就可以在老家盖栋小楼娶个媳妇了。

他万万没有想到好景不长，小红才过了不到一个月的时间，就和小马穿了连裆裤，合起来对付他了。

半个月前一天，小马一早起来就嚷嚷着今天过节，兄弟姐妹得吃一顿好的。小红也跟着附和。他们开始是跟表姐说，表姐说，这事我当不了家，找老板说去。

小马看看小红，小红看看小马，两人都没再坚持。

表姐把这事说给了"大牙"。"大牙"问：又他妈谁过生日？

表姐说，不是谁过生日，是过中秋节。

"大牙"一拍脑袋瓜子，噢，到中秋节了。看看，我他妈的都给过糊涂了。他想了想，对表姐说，那就一人给他们发一块月饼吧。不过，他对"小马"提出这件事打心里不高兴。狗日的想买好。大爷我也知道过中秋节吃月饼，可一盒月饼高得几千块、几百块，最差的也几十元，你孙子掏钱啊？他让小马留下来，等大伙走后一阵拳打脚踢。小马一声也没叫，更没有掉一滴眼泪。等他打完骂过了，小马才往他面前一站，昂首挺胸，厉声问他，我犯了什么错你打我？

"大牙"一时回答不上来。他没想到小马会给他来这一套。总不能告诉他是因为他挑唆大家吃月饼吧？他假装点烟，犹豫了一会，说你小子昨天偷懒。小马说我怎么偷懒了，我偷懒还给你挣了三十元？

"大牙"嘴里含着烟，一张口不小心被呛了一下，咳嗽了好大一阵子才好些。他说，小马你孙子别，别给我横。过去有个孩子不听我的……小马没等他往下说就接上话茬，你把他的脚筋给挑断了对不对？这话我都听你说八百遍，耳朵起这么厚一层茧子了！他边说边用手比划。

"大牙"又踢了他一脚，去你妈的，越来越胆大了。

小马瞪了他一眼，接着拿眼睛四下看了看，好像要找什么家伙。"大牙"的心格登一下，好像被一根绳子吊到了嗓子眼。好歹小马只有左手残疾，右手加两条腿对付他这个一条腿的，他占不了便宜。他马上换了一副笑脸，又给了小马一枝烟，你好好干，我不会亏待你。

小马没听他说完，拍拍屁股走了。

小马到了北沙滩桥下，小红和几个孩子正围在一起商量什么事儿。小红看见他，一溜小跑迎上前，小马哥，你真勇敢。我打心里佩服你！说着，帮他拍打拍打衣服上"大牙"留下的鞋印。那几个孩子也围了过来，你一言我一语都是夸奖小马的，让小马心里热火朝天。他对小红的成见也好像被一阵风吹得无影无踪。他挥着拳头说，记得有个胖歌手唱得歌不？叫，叫什么《妹妹坐船头》，里边有句词叫一根筷子容易折断，十根筷子抱成团。

一个男孩子嘿嘿笑了，说，那首歌叫《众人划桨开大船》。

小红瞪了小不点一眼，说，别起哄，管它叫啥名字，咱又不是歌手靠唱歌吃饭，小马哥你是让咱们团结对不？

小马点点头，说，狗日的"大牙"资本家，比电影里万恶的旧社会里的资本家心还黑，过中秋节咱要吃块月饼还得挨他揍！小红也生气，忿忿不平地说，表姐说老板一个月找女人的钱够咱们一伙子人一

小红惊讶地睁大了眼睛，不会吧？要个饭还争
还抢，又不是像盖楼的。我听说盖楼的人抢地抢工
程又是比着花钱又是打打杀杀……

个月的饭钱。这钱不都是咱挣的？凭啥咱要吃块月饼都跟犯了大罪？

几个孩子你一言我一语地骂了半天，最后形成了一个"重要决议"：老板今天吃啥咱吃啥！有个叫小不点的问小马，老板晚上找站街女你也找啊？

小马看了看小红。小红的脸红了。他踢了小不点子一脚，去死吧！

几个人分开后，小马和小红一开始时在一起。小红问小马，小马哥你跟老板多久了？小马在心里计算了一下，说，半年多了。小红说，他人特黑，你怎么不自己找个地方？小马感叹一声，说，地盘不能随便找，弄不好我右手都得残。接着他告诉小红，乞讨也有学问，而且学问大了。你想当厨师得学做菜吧，这比学做菜还难；你想开车得学驾驶吧，这比驾驶难得更多。老板今天这块地盘，是抢出来打出来用命换来的。小红惊讶地睁大了眼睛，不会吧？要个饭还争还抢，又不是像盖楼的。我听说盖楼的人抢地抢工程又是比着花钱又是打打杀杀……

唏，你不懂。小马说，就是要饭的多才争地盘。这么给你说吧，你知道全北京有多少咱这样乞讨的吗？

小红摇摇头。

小马伸出手晃了晃。小红问，五百？小马摇摇头，又摆了摆手。

小红闭着眼睛想了一会，说，五万，对不？小马叹息一声，说，别猜了，我也是听老板说过。他是在一次被抓进拘留所里听说的。不过我没记住。反正，反正人不少。这么给你说吧，我来这半年多，光咱老板手下来来走走的就有二十多。小红问：他们都去哪里了？小马说，不清楚，谁也不说。这又不是大学，大学毕业到哪里工作，留下

个地址好联系。咱这行以后见了面谁还会说认识谁？小红点点头，沮丧地说，也是。

小马又说，我在西客站见过一个跟老板干过的女孩。那个女孩穿着件红夹克，扎着小辫子，可好看了。过去老听大人们说，人靠衣裳马靠鞍，我见了她才明白真那回事。她在这儿时也住草地铺，穿破衣服，整天脏兮兮的。我们都管她外号叫屎壳螂。

小红下意识地对着阳光底下自己的影子摆弄了一下头发。

小马说，你要穿上那样的红夹克一定特好看，比那小姑娘好看。

小红唏了一声，说，我见过。我在家时我的一个同学就有一件。那一件好几百块，她爸是村支书，有钱。学校歌咏比赛时，我独唱，老师让她把红夹克借我上台演出时穿，我都，我都舍不得还她。说着，她的眼圈红了。

小马从裤兜里掏出一卷皱巴巴、已经发黑的纸巾递给小红。小红接过看了一眼又还给了他，然后用手抹了下眼睛。小马说，你别泄气，挣了钱自己买，穿着也自在。

这时，北沙滩桥下出现了塞车，还传来争吵的声音。小红把那块牌子朝脖子上一挂就要上路。小马拉住了她，说，这时别去。

小红说，这多好机会啊。

小马说，越是这时候你越要不到一分钱。你想想，撞车的人急，后边被堵的人急，心情都不好，别说给钱，骂你揍你都有可能。

小红朝桥下看了一眼，果然没有一个乞讨的出现。她对小马说，小马哥你太有才了。

小马说，狗屁。这不叫才，叫经验。

红夹克

　　小红突然又想起刚才没说完的话，问道：你刚才说在西客站见的那个女孩怎么不干这行了？她哪来钱买得红夹克？小马说，我也不明白。不过，不过我看她跟在一个怀里抱着卷毛狗的女人后边，还紧紧拽着那个女人的衣角像怕跟丢了……他的话没说完，小红就接上说，噢，我明白了。她是让人家收养了！往后的时间，她一直沉默不语，心事重重。小马也没多问，就和她分开干活去了。

　　不知哪个孩子把信息告诉了"大牙"。"大牙"那天晚上没有外出，和小马他们一起吃的月饼。夜里，他翻来覆去睡不着觉，老是想着怎样进一步调教小马小红，让他俩服服贴贴地给自己挣钱。没想到，事过多天的今天下午，突然有个机会来了。

　　上午"大牙"去了一趟大钟寺。那里有一个古玩市场，市场还有卖书画的。他转悠了大半天，最后咬咬牙，花五十元钱买了一张仿古画。回来后，他又找"大仙"帮着"长长眼"，等到地下室时，已经是中午过后。他见草铺上躺了个人，一时火冒三丈，上前狠狠踢了那人一脚，骂道，狗日的大白天不出去干活，挺尸呢！

　　那人一个鲤鱼打滚坐起来，他才看清是表姐。表姐一下子抱着他的腿，哼哧哼哧地哭了，说，兄弟，不，老板，有人欺负我。你得给我做主。

　　"大牙"说，不是再三教导你们学会忍着点吗？他以为表姐是在路上乞讨时被哪个司机骂了。表姐说，不是那么回事，是昨天夜里……接着，表姐给他绘声绘色地描述了昨天夜里发生的事。表姐说，我睡得迷迷糊糊时，觉得乳头有点痒痒，没有在意。过了一会，有一只手在摸我。"大牙"问：摸你哪里？表姐犹豫了一下，说，摸，摸我下每天晚上点完钱吃饭，是"大牙"定得规矩。所以，他虎着脸坐着在椅子上，他的手下并不感到有什么不正常。

边呗。"大牙"啊地一声睁大了眼睛，同时，他觉得自己下身那个家伙有了反应，发酸，还略微有点肿胀。表姐说，我，我怎么会朝别处想，旁边睡得都是孩子嘛。可是，可是，那只贱手竟用一根手指头朝我那儿插……"大牙"的身子晃了晃，头涨大了，问：插你哪里了？表姐脸一红，嗔怪地说，还能插哪里，你装？

"大牙"好不容易才控制住自己的冲动。他不是嫌表姐长得难看，是担心一旦和表姐有了那种事就难摆脱。表姐的老公生病在老家，吃药打针全靠她和小女儿乞讨分得的一点收入。她要是缠上了他，他一年挣点钱全贴补给她也满足不了她。那是个无底洞。他说，表姐你放心。我一定帮你做主，把那个小杂种找出来好好教训教训。他哪只手占了你便宜，我剁他哪只手。

他又问表姐，你觉得是右手摸得你还是左手摸得你？你看啊，你躺的方向朝这，要是左手不方便摸，肯定是右手。

表姐点了点头。

"大牙"临出门，又回过头对表姐说，别说没弄你，就是弄了你也没让你不能动弹。你该上路干活还得干活。

三

每天晚上点完钱吃饭，是"大牙"定得规矩。所以，他虎着脸坐着在椅子上，他的手下并不感到有什么不正常。

小马怎么还没回来？"大牙"问，阴森森的目光扫视了一圈。

小红说，你问我呢？我怎么知道！

其他几个人也都摇头。

小马就是这个时候回来的。他一进来就感受到了
紧张的气氛，愣了愣神，把上衣脱了塞给"大牙"，
然后盘腿坐下了。

　　"大牙"决定先给眼前几个人下马威。他点了一支烟，慢腾腾地抽了几口，突然站起来，把烟扔在地上，踏上一只脚狠狠地碾了几下，手向空中一挥，严厉地说，老子今天要开杀戒！

　　小红嘿嘿，嘿嘿地笑了，老板，你演电影呢？

　　"大牙"瞪了他一眼，骂道：狗日的，偷到我头上来了。

　　他的这句话一落地，空气立刻凝固了。同各个行业有各个行业的规矩一样，乞丐行里也有一个不成文但很明确的规矩，就是不能偷。在他们看来，乞讨是一种生存方式，换句话说是一种活法，不丢人不现眼更不下贱。你伸手讨，人家愿意施舍，两厢情愿。可是，偷是不允许的，那是贼的行为。"大牙"本人就是刚入道时趁一个司机不注意，偷了人家放在座位上的手机，被他时任的"领导"打断了一只手腕。所以，他用了偷这个字，把几个人唬住了。他们你看看我，我看看你，一个个紧张不安。

　　小马就是这个时候回来的。他一进来就感受到了紧张的气氛，愣了愣神，把上衣脱了塞给"大牙"，然后盘腿坐下了。

　　"大牙"习惯地把小马上衣的几个口袋翻了个底朝天，把钱收拾好，把衣服扔给小马，然后又点了一支烟，用烟头分别在小马等几个男孩额头上烫了一下，恶狠狠地说，你们都老老实实给我交待昨天夜里谁干坏事了？老子火眼金睛，早就知道是谁，不说出来是给你们坦白从宽的机会。知道什么是坦白从宽吗？

　　小红说知道，坦白从宽，牢底坐穿！她的话招来一阵哄笑。"大牙"心里纳闷：自己平时对这些孩子管教很严，他们怎么连社会上流传的一些段子都知道呢？他用烟头指了指小红，你个熊妮子也别给我

装。你先说昨天夜里你看到什么听到什么了？小红四下看了一眼，见小马用目光支持自己，就理直气壮回答道：我看见他们一个个睡得跟死猪样，听到他们跟猪一样打呼噜。

"大牙"正要发火，小马抢先开了口。小马说，老板你有啥说啥，想说谁一语道破谁，别让我们都跟着挨饿。说着，从饭筐里拿出个馒头就朝嘴里塞。他刚咬一口，"大牙"一巴掌给打掉了。"大牙"说，老子还没动口，你倒抢先了，还有没有规矩？他让表姐把饭筐端到一边放起来，然后又让小马跪下。小马犹豫了片刻，扑通一声跪下了。不过，他跪着的姿势让小红他们很感动：昂首挺胸，目光直视前方，一副大义凛然的样子。小红也跪下了，哭着求"大牙"说，小马哥今天给你交了一百多块钱，是挣得最多的，你就饶了他吧。"大牙"一脚把小红蹬倒在地上，骂道：小贱货，要是他半夜里在你身上乱摸乱抠，你还会让我饶了他吗？

"大牙"这句话让屋子里的人都震惊地张大嘴巴。小红看了看另外两个女孩，又看了看表姐，最后严肃地盯着小马的脸。小马的嘴唇蠕动了几下，欲言又止，闭上了眼睛。小红跳起来，狠狠地抽着小马的脸，骂了句臭流氓，就捂着脸哼哧哼哧地哭开了。

"大牙"问小马：是不是你狗日的干的？

小马咬紧牙关没有回答。

"大牙"把烟头放在小马的左腮上，烟头上的火烫着肉发出滋滋的响声，同时散发出一股焦糊味。小红和另几个男孩都觉得心惊肉跳，小不点的眼睛惊弓之鸟般转动，仿佛想滚出来找个地缝钻进去。小马却眼睛也不眨一下，依然昂首挺胸地跪着。"大牙"说，你个狗日的有种，好汉！我不信今天治不服你。说着，重新点了支烟，大口大口地吸了几下，弹了下烟灰，又放在小马的右脸颊上。这回，小马唏，唏了几声，但是仍然没有喊叫。小红看不下去，想拉门出去，被"大牙"叫住了，你个熊妮子要是敢迈出这个门，我把你给废了！

"大牙"让表姐拿竹尺来。那根竹尺足足有两指厚、四指宽，上边还被他故意用锉刀锉出些刺儿，打在身上，那些刺儿很容易扎进肉里。这是他经常用来吓唬那些孩子们的。真是要用，他还得掂量掂量，打伤的是别人，经济受损失的是他自己。这笔账他还算得明明白白。所以，他拿在手上，指着小马，问，你个狗日的说你做没做下流事？

小马没吭声。

"大牙"说，你不放屁我也闻得着臭味，就是你干的。你不说是吧？你不说我的家教会让你说。说着，他扬起了竹尺。这会他要动真的。他不是为表姐。真是小马摸了那娘们，他也不会因为她伤小马。他是看小马太倔，既不认账又不求饶。他要是不打到他低头，别的孩子他也没法子带了。突然，小红上前拦住了他。小红说，昨夜小马没做那事，你不能打他逼他！

"大牙"说，你看见了还是听见了啊？

小红说，我没看见也没听见。小马哥昨天夜里是抱着我睡的。我敢作证。

屋子里的人一个个目瞪口呆。

"大牙"看看小马，又看看小红，拍着巴掌笑了，讥讽地说，这好像是那个电视电影里演员的台词吧？小红你个熊妮子学得倒真像。说着，一把把小红拉到怀里，你说说，他抱着你都干了些啥？小红说，抱着就抱着睡觉呗。"大牙"问：他摸你哪里了？让我看看有没有手指印。他边说，边去解小红上衣的扣子。小红急了，在他胳膊上狠狠咬了一口，趁他疼得松手的时候，推开他跑了出去。小马喊着小红的名字，紧紧追了出去，到门口时回头瞪了"大牙"一眼。那一眼好像喷出烈焰，让"大牙"一阵心寒。

一直没说话的表姐小心地走到"大牙"跟前，声音颤抖着说，俺吃一次亏就吃吧，你别为俺和他们伤了和气。"大牙"猛地踢了表姐一脚，吼道，熊娘们，你要砸了我的饭碗，我跟你没完。表姐趴在地上哭了。京京喊着妈妈扑到表姐身上。

"大牙"拿着从大钟寺买来的那张画，一边向外走一边对另几个吓得脸色苍白的孩子说，快去把他俩给我找回来。找不回来你们都别想得好！

其实，小红没跑远，小马也很快追上了她。

北沙滩桥东侧有一家四星级酒店。小红跑到酒店停车场，在两辆车空隙中席地而坐。小马到后，她连头也没抬，拣了块小石头，在地上敲打几下，再划几下，就这样来来回回地使唤那块小石头。

小马问，你恨我？小红没理。

小马又问，你认定我干了那事？小红仍然没理，敲打地面时更用力了，那声音让小马听着心颤。

小马再问，你看我是坏蛋吗？小红用石头尖在地面上划了个 X字。小马急得跺着脚，说，你要憋死我是不？你心里咋想得就说出来呗！骂我也行。

小红这才问道：不是你干的，"大牙"那么折腾你，你干嘛不说他第一次发现北京的夜空是那么绚丽，湛蓝的天幕上，大大小小的星星仿佛散落在蓝色草原上的羊群，本来是雪一样白的云朵在地下的灯光辉映下，变成五彩缤纷的彩霞。

句话？

小马说，我要说不是我干的，"大牙"还不得把那几个哥们折腾得死去活来。"大牙"本来就嫌他们挣得少，天天骂他们，刺他们。

小红抬头看了他一眼，问：那是谁干的？

小马说：谁也没干。虽然被窝挨着被窝，毕竟不是一个被窝。有人动动，别人不醒？再说，表姐能不叫？

小红边听边想，觉得小马说得有道理，埋怨地说：那你怎么不挑明了？表姐她为啥那样做？

小马叹息一声，说，她那样做，就是想挤走两个人尤其是我，她好带着京京多讨两个钱，早点回老家去。停了一下，又说，表姐因生了个女孩，老公天天打她。她就跑了，一人带着个孩子在这做乞丐，容易吗？每回听着京京吵着要上学去，我的心都，都……

小红没等他说下去就从地上跳起来，拍了拍屁股上的土，紧紧抱住了他，动情地说，你比周润发演得小马哥还英雄，我喜欢你这样的男人。

小马抬头看了看天空。他第一次发现北京的夜空是那么绚丽，湛蓝的天幕上，大大小小的星星仿佛散落在蓝色草原上的羊群，本来是雪一样白的云朵在地下的灯光辉映下，变成五彩缤纷的彩霞。他深深地吸了一口气。小红轻轻地抚摸了一下他脸颊，问，还疼吗？小马摇摇头。

小红又抱紧了他，半是嗔怪半是撒娇地问，你怎么不亲我？

小马说，你还是个孩子。

小红说，谁是孩子？我今年就开始来月经了。

小马说，那你也是个孩子。又说，我也是。

小红失望地松开他，重又坐在地上。小马犹豫了片刻，也挨着她坐下了。小马觉得自己的血液里好像注进了酒，浑身上下发烧。他不敢看小红，又不想低头让小红觉得自己有心事，就闭上了眼睛。

小红的激情很快就减退了。她问：小马哥，你打算干多久？

小马说，我早不想干了。不干又能干啥去呢？

小红问，你想不想家，想不想回家？

小马沉默好大一会儿没有回答。小红猜出小马不回答有原因，就对他说了自己来北京乞讨的经过。

小红家在西部一个山村。由于人口多，耕地少，加上交通不便，信息闭塞，至今还戴着贫穷的帽子。她说，我、我妹妹、我弟弟，加上我爷爷我奶奶我爸爸我妈妈一共七口人，七零八落的五亩地在山上有、山下有，最远要跑二里多路，跑一圈要十几里路。我爸太累的时候生气地说，山上那地撂那儿吧，收点粮食还不够搭化肥搭力气的。我爷爷就骂他是个败家子。

小红的爸爸曾经外出广东打过工，可是她爷爷奶奶一心想要个孙子，催他爸爸回家。她爸爸经不住她爷爷骂奶奶吵，于是就回了老家。从她弟弟出生，她妈妈坐月子开始，她肩上的担子一下子加重了。每天天刚朦朦亮就要起床烧水做饭，到学校上课也随时就会被奶奶喊回家帮着做家务，一放学就赶着往家跑，晚一会儿回去，奶奶的拐杖就落在头上身上。六年级一开学，她爷爷奶奶爸爸妈妈就多次商量让她和妹妹谁上中学的事。她爷爷偏爱她，她奶奶偏爱她妹妹，两个老人争执不下，动辄就吵得天昏地暗。恰在这时发生了一件事，让她选择

红夹克

了离家出走。

北京申办奥运会成功后，全国上下一片欢呼雀跃，热情高涨，就连小红所在的偏远的山区小学也举办了庆祝活动。小红从小喜欢唱歌，被老师和同学推荐为班级在全校迎奥运歌咏比赛中的参赛选手。临上台前，老师看着她皱起眉头。她穿着一件旧T恤，那还是她爸爸在广东打工时给她妈妈买的，她妈妈穿了几年刚下放给她。虽然她的个头长得和她妈妈般高，但没有她妈妈身体肥胖，那件衣服穿在她身上显得有些空旷，把她的苗条、线条全都给遮挡了。老师灵机一动，从她一位穿红夹克的女同学身上扒下红夹克，给她穿上。她穿着红夹克一个转身，全班同学都为她鼓掌。有的说这件红夹克穿她身上最合适，有的说她穿着红夹克就像个小明星……她对着镜子反复看了几遍，心里也美滋滋、乐滋滋的。人的心情直接牵连到精神、气质、情绪，甚至牵连到浑身上下每一个细胞。那次比赛，她因形象、发音、表情等优良，夺得了全校第一。小红说，我们老师拍了照片，放大后贴在学校的橱窗里，同学都说好看。我看了也不敢认……

可是，小红在演唱完下场的时候，由于过于激动，也可能是担心回家晚了挨打，一不小心碰到拴幕布的树上，树上不知谁出于什么原因揿了根钉子，把红夹克剐了道大口子。小红当时就吓哭了。红夹克的主人、她的女同学嚷着让她赔，这件夹克好几百，你得赔我新的，还得一模一样的。老师也无奈，不让小红赔吧，对方不答应，再说也没道理；她替小红赔吧，她没几百块闲钱，再说她自己的孩子还没穿过皮夹克呢！小红说，我在教室里哭啊哭啊，放学了也没走，一直到天黑了，我爸来学校找我。

小红使劲点点头。泪水已经在她脸上形成了串，
大厦上的霓虹灯一照，像水晶一样闪光。

　　毫无疑问，小红回到家挨了骂也挨了打，因为那位女同学的家长带着孩子已经来过她家，向她爸爸妈妈正式提出了索赔要求。小红妈说，看你个熊妮子惹得祸有多大吧，把咱家的屋顶都捅了个大窟窿。人家家里说了，两年前买得时候四百三，现在涨到七八百了。这七八百你让你爹你娘卖什么赔人家？小红爷爷说，熊毛，讹人呢？不就件衣裳，这皮那皮的诓谁？不赔！再来找让他家剥我的皮做新的！小红奶奶就用头撞小红爷爷，你个死老头子耍无赖耍流氓呀？你就惯着护着你这个小祖宗吧，看哪天她给你惹出大祸。

　　一连几天，小红到了学校，那位同学嚷着让她赶快赔，弄得她很没面子；回到家里，妈妈和奶奶又骂她，让她吃不下饭睡不好觉。有一天，县城有辆汽车到她们学校送东西，她偷偷爬到车后厢里，离开了那个让她伤心的山村……

　　就为了一件红夹克？小马问。

　　小红使劲点点头。泪水已经在她脸上形成了串，大厦上的霓虹灯一照，像水晶一样闪光。小马有点儿情不自禁地抱了抱她。可能是想安慰一下小红，他接着讲了自己的经历。他说，我没啥原因，就是想过好日子。

　　小马家虽然是山区，但是有资源，村委会主任就开了一座金矿。可是，他家和大多数百姓家却很穷。他上初中住在离家十几里的学校，到了吃饭的时候分组，十个人围成一个圈，有蹲有坐。他用手比划着说，蹲得人像只猴子，坐得人像和尚念经，早饭一盆稀粥里也就见十几粒米，中午和晚上的菜汤子盆里，用勺子扎几个猛子也捞不出几片菜叶。想吃肉，比癞蛤蟆吃天鹅肉还难还难……

28

小红问：那金矿在你们村是不？

小马点点头，是。

小红又问：凭什么只村长家占着？

小马说，你问我，我问谁去？又说，我每回看到他家门口停着的宝马、奔驰，心里就窝火。

小马有个表哥跟着老家在北京的装修队打工。他就到北京找他表哥，求他表哥收留他。他说，我表哥赶我回去，给我买好了车票，把我送到西站，看着我上车。我从东边门进去，西边门跳下车。

小红摸摸他的脸，说，你真勇敢。

小马说，我想找地方打工，人家都要身份证。直到有一天我遇到了"大牙"，就干了这一行。

小红问：这么简单？

小马说，就这么简单。

两个人默不作声地坐了一会，小红问：你怎么打算？

小马说，反正饿死冻死就是让"大牙"打死，我也不回老家。

小红问：你爸爸妈妈不想你，不找你？

小马说，我还有个弟弟。

小红惊奇：这有啥关系？

小马说，唏，这也不懂？他晃了晃左膀，说，我爸爸妈妈希望我能自食其力。

小红问：你给家寄过钱没？

小马说，寄过，寄给我弟弟的学校。他们一个礼拜吃不上一顿猪肉。我寄钱给学校，学校改善伙食，我弟弟也能分到一块。我就想让他只得一块。

小红好像听明白了，点了点头。然后心思沉重地说，我得回家。还不知我爷爷想我想成啥样子了……说着说着哭出了声，我攒够了买红夹克的钱，再给我爷爷买根拐杖，我就回去。我爸爸妈妈打我骂我，我都忍着，等我爷爷死了，我再出来打工……

这时已经进入真正的夜晚，带着几分寒气的夜风在两辆车的空隙中盘旋，形成了一个风口。小马感觉到小红的身子发抖，犹豫了一下抱紧了她。对面停着的一辆吉普车恰巧上人，司机把灯光打得雪亮，正照着他俩。一个女人惊讶地说了句，瞧瞧，屁大的孩子躲这谈恋爱！小马一听火了，摸起块石头站起来，喊道：说嘛呢，说嘛呢？

也许刚才说话的女人心虚，或者胆小怕事，没有任何反应。

这时，有人叫他俩的名字。

四

小红万万不会想到，"大牙"为了把她变成挣钱的工具，并且彻底制服她，深思熟虑地想出了一个计划：把这熊妮子弄残了！一个身患残疾的女孩能混口饭吃就该满足了。再说，残疾女孩乞讨也容易唤起那些司机们的同情心。可是，把一个活蹦乱跳、四肢健全的人弄残，不像捏面人那样容易。她会哭，会喊，会反抗，一旦败露可是大罪，说不定半辈子就在监狱里打发掉了。所以，他绞尽脑汁，时刻在寻找时机。

"大牙"第一步是给小红"灌蜜"，就是让她吃点甜头。他从一张小报上看到过一篇文章，是介绍毒品贩子如何引诱少女吸毒贩毒的，细节描写得相当丰富。他决定学习毒品贩子的招数。这天早饭后，几个孩子要上路干活了，他把小红留下，啥也没说，塞给她一瓶矿泉水，示意她装在口袋里。小红掏出来，要还给他。他瞪了小红一眼。

小马在路口等小红。他问：老板跟你说啥？

小红摇头，掏出矿泉水给了小马。小马摇了几下，又看了看瓶子上的商标，我靠，今儿怎么这样大方？小红你可小心了，他别是用矿泉水瓶子装得其他玩艺儿。小红夺过来认真看了看，说，瓶盖不像动过。他要是在里边换了内容，能看出来啊！小马说，错！那些造假的不管是面粉、奶粉还是什么水，不吃死人喝死人怎么会查出来。小红害怕了，想把矿泉水扔掉，想想又说，不会吧？我和他无冤无仇，还给他挣钱，他干嘛害我？小马说，反正你小心一点好。

到了半晌午的时候，小红有点儿渴了。她掏出矿泉水，拧开了盖，刚要朝嘴边送，想起小马的话，又停下了。她想，要是里边装的药水什么的，蚂蚁沾了就会死。于是，她走到路边低头找蚂蚁。一辆三轮车从她身后开过来，差点儿撞她身上，开车的骂了一句：找死呢？小马从马路对面赶过来，把小红拉开了。听她说要找蚂蚁当试验品，小马乐了，我靠，你没听人家说北京人特能造，米里边面里边菜里边连西瓜里边，不管加了啥药吃了都没事。北京的蚂蚁也跟人一样壮。说完，他要过矿泉水，朝自己右手心倒了几滴，然后又用左手食指和中指蘸了蘸。小红觉得奇怪，问：你干嘛？小马抬起左手，对着太阳看了看，说，我帮我爸在地里掺农药时，好几次滴手上，手指甲有时变红有时变绿，皮肉烧得疼，要是这矿泉水里边加了药，一试就能试出来。小红用敬佩的目光看着小马，说，小马哥你太有才了！

同是天涯沦落人，两个苦命的孩子一旦认同了对方，恐怕不是一般的力量可以改变的。

过了一会儿，小马把刚才蘸过矿泉水的手指放嘴里漱了漱，对小红说，没事，喝吧。慢点，别呛着就行。

小红情不自禁地踮起脚，伸着脖子，在小马脸上亲了一口。

小马和小红亲昵的动作，全都让"大牙"收在眼底。其实，"大牙"并不是一天到晚在屋子里猫着，至少两小时上一趟路。他早就在路边邮政局的二楼选择了一个瞭望台。向西可以看到桥下，向东可以望见两个红绿灯路口，这是他的整个地盘，也就是说他手下那些人的举动他完全可以观察到。"大仙"在桥西也有这样的瞭望台。不过"大仙"称其为监督岗。"大牙"不喜欢这个词，什么他妈的监督，还岗，你把自己混为站岗的了？没有这样的瞭望台不行，谁讨了多少就无法掌控。当然，他手下那些人是不知道自己时刻在老板的眼皮底下做事。

"大牙"心里清楚，硬是把小马和小红拆开很困难。同是天涯沦落人，两个苦命的孩子一旦认同了对方，恐怕不是一般的力量可以改变的。妈的，那就想个法儿，让小马弄出点事使小红伤残，然后嫁祸给小马。小红残了，会恨小马，小马呆就呆，不呆就滚蛋！他为自己的聪明才智洋洋得意，扑哧笑出了声，惹得旁边一位趴在桌子上写信封的老头一脸不高兴，嘛呢？有病！

没想到小红夜里真的病了，发烧，呕吐，喊着肚子疼。京京很懂事地趴在她身边，拿毛巾给她擦汗，还不时地劝她，姐姐别哭，姐姐别哭。我妈说你死不了。一个男孩在一旁气愤地说，不病死也得憋死累死。妈的，到现在也不给发工资，不干了！小马已经围着小红转了几个圈圈，急得大汗淋漓。他说你别吵吵好不？看不见这乱哄哄的。然后问表姐小红得的什么病，要不要紧。表姐一开始就没把小红的病当回事儿，低着头在玩游艺机，冷淡地说，我又不是医生也不是她妈，我咋知道她得的什么病。你天天和她绑一块，还不清楚?!

小马火了，两个眼珠子变得像两只喷着烈焰的火球。他扬起脚把表姐手里的游艺机踢飞，哐当一声落在墙壁上，撞得七零八落，指着表姐骂道：你也是当妈妈的人。世上有你这种狠心的女人吗？表姐当然不吃小马的窝囊气，忽地从地上爬起来，尖叫着扑上前，一手向上薅着小马的头发，一手向下握住小马下身那个家伙。你妈个 B 的少给老娘横。信不信老娘把你的家伙薅掉，让你这辈子不知女人啥滋味！她轻轻一用力，小马疼得哎哟哎哟地叫，声音都变得又尖又细。

小红突然坐了起来，指着表姐说，你，你松手！说着，一只胳膊搂住京京的脖子，在京京耳边低声说了句什么。京京冲表姐挥动着两只小手，妈，妈快放了小马叔叔。表姐只好松开了小马。小马说，我没功夫理你，回头再和你算账。然后，让另一个男孩帮着把小红扶到他背上。小不点子问：去哪里？小马说，医院！小不点说：咱没钱呀！小马说，医院要是不给治，我点把火把医院烧了！

小马背着小红走到路边，就已经累得气喘吁吁，满头大汗。小红说，小马哥，我不想死，我还得还同学红夹克，还想回家看我爷爷。小马说，不会，你不会死。哥不让你死。咱穷，但命硬。

跟小马一起出来的小不点和另一个男孩拦下了一辆白色轿车。开车的是个戴眼镜的中年男子。他摇下窗户玻璃往外看了一眼，还没等他说话，小马就把小红塞进车里，自己也钻了上去，大叔，快，快点送我妹妹去医院。那个戴眼镜的中年男子没问，一踩油门发动了车。

你们是外地的吧，在北京做什么？中年男子问。

小马没回答。他示意小不点和另一个男孩也不要搭话。小红很懂事，哎哟哎哟叫得一声比一声急，一声比一声高。中年男子没再问，而是加快了车速。

　　北沙滩附近就有几家医院。那个中年男子把车开到最近的一家医院。车刚停稳，小马背上小红就朝急诊室跑。那个中年男子拉住了小不点，小马也没敢耽误。他想，假如他让付车费，小不点自有办法对付。在北京混了两年，连这也对付不了还能干熊？

　　医生值班室里有十几个人在排队等候。排在最前边的是位白发老奶奶。小马顾不上礼貌，直接钻到老奶奶前边。老奶奶刚拉下脸，一看是个男孩背着个女孩，又换了幅笑脸，说，孩子，别着急。

　　医生问小马，你挂号了吗？

　　小马摇摇头，老实地回答，我没带钱。

　　医生皱着眉头，说，你没挂号没带钱，我没法给你看。

　　小马一急，说话也结巴了，你，你……他眼睛四下张望，想找个顺手的工具。医生显然看出了他的用意，指着他说，你不要胡来。老奶奶一直在观察小马和小红，目光从充满疑问，渐渐变得有些怜悯。她说，医生你先给孩子看吧，就用我的号。我再去挂一个不就解决了。她说着站起来，身子晃悠了几下，赶忙用手扶着墙。小红双膝一弯跪在老奶奶面前，抱着老奶奶的腿哭出声，奶奶，您比我亲奶奶还好。我谢谢您了。老奶奶想拉小红，弯了几次腰也没弯下去，就摸着她的头说，人这一辈子，谁能没有个遇到难处的时候。奶奶大忙帮不上你，这小忙还不是人之常情。那天要是奶奶病了倒在大街上，你见了能不给奶奶口水喝？

一席话说得屋子里的人都掉了泪。医生擦了擦眼睛，把小红抱到台子上。

经过检查，小红只是患了急性肠道炎，没有什么大病。小马长长地出了口气。

取药的时候，"大牙"在表姐的陪同下来了。老奶奶盯着"大牙"看了一会，问：你不是北沙滩那个美容美发店小姑娘的表哥吗？

"大牙"说，阿姨你认错人了。我在北京没亲没故。说着就扭过脸，用目光示意小马扶小红赶快走。

老奶奶绕到"大牙"面前，仔细看着他，惊讶地说，没错啊。我眼睛虽说花了，你这张脸还认得出来。又指着已经到门口的小马和小红，问"大牙"，这几个孩子是你什么人？他们在这做什么？

表姐拉着老奶奶的胳膊，说，那俩一个是我儿子一个是我闺女，喊他叫大舅，都在北京上学。她拉老奶奶的胳膊，是让"大牙"赶快脱身。"大牙"趁机溜了。老奶奶似信非信，对表姐说，我是这片社区的居委会主任，有啥事需要帮忙找我，啊！表姐走后，她又对急诊室的几个病号说，看看，生了那么多孩子有什么好处，累！一个病号接上说，这些个人在北京没人管，老家太远又管不着，日子长了是社会的麻烦！我看刚才那个男人根本不像当爹的，倒是像个什么头。

老奶奶若有所思地点点头。

"大牙"一到小马他们的住处就大发雷霆，小马你狗日的胆大包天，敢把小红往医院送。

小马说，不往医院送往哪送？

"大牙"说，往哪送，往哪送？反正不能往正规的大医院送。正规大医院要登记姓名、住址，是孩子的还得登记大人的名字、联系方式，万一被查出来你们是要饭的，一个电话喊来人就把你们送收容站，再遣送回原籍，你愿意啊？

小马吭哧了一会，理直气壮地说，就是砍我的头，我也得让小红先看好病。

小红不知是怕"大牙"，还是被小马的话感动，嗯啊嗯啊地哭出了声。表姐在一旁劝"大牙"说，兄弟你也别生气了。孩子们心里知道你为他们好，让他们以后注意点就是了。"大牙"借表姐给的台阶，骂骂咧咧地走了。到了门口，他又折回身，给小马两张10元的票子，严厉地说，你去给小红买点补品让她吃了好好补补身子！

表姐从小马手里抢过那两张票子，说，男孩子懂得买啥补品，还是我去吧。

"大牙"一出门，小马就跟了出去。"大牙"吃惊地问：你有事？小马问，啥时候发钱？"大牙"的眼睛一下子瞪大瞪圆了，紧紧盯着小马的脸，什么钱？小马稍微犹豫了一下，说，工钱！桥西那边的老板八月十五前就给发工钱了。"大牙"嘿嘿冷笑两声，是吗，发多少？小马说，我听说一人一百。"大牙"转身往外走，小马尾随在他身后。他们是在地下二层，上了电梯后，小马低着头没看"大牙"。"大牙"听见小马的喘气声很粗也很重，就像乡下烧锅做饭时拉的风厢，呼哧呼哧的。他又冷笑了一声。

出了地下室，"大牙"才冲小马大声吼道，你听错了！那边不是一人发一百，是一千、一万！

小马的肩膀抖动了一下，说，反正人家发工钱了。你也说过干够半年给工钱。

"大牙"围着小马绕了半圈，手哆嗦着指着小马的额头，怒气冲冲地说，你个狗日的记这挺上心。我问你，你半年给我挣了多少钱你记得不？

小马说，记得，小两万吧！

"大牙"说，就算小两万。你花了我多少你知道不？饭钱、房钱、水钱、电钱、物业费钱，就连你屙屎尿尿都得要卫生费……

小马说，那你算个账呗，反正账能算清。

"大牙"跺了跺脚，说，算清你妈个 B。你以为就这些钱啊？我还得交场子钱、份子钱、上贡的钱，要不谁保护你，早把你赶滚蛋了，弄不好还关起来。七七八八算下来，老子不倒贴钱就不错了。节前我买那幅画送人，知道多少钱不？小一万呢！

小马是第一次听"大牙"说出要饭还得那么高的成本。不过，他有点儿不相信，心想：我的爷哎，这是北京，全中国的大官都在北京，还有人敢收要饭的这钱那钱，让要饭的上贡？骗孙子去吧你！

"大牙"见小马不吱声，以为他被自己唬住了。这时他的手机信息提示音响了，一个女声说，你有短信息。他看了一眼短信，慌慌张张地要走，又指着小马说，你狗日的不老实我弄死你！

小马冲他的背影咬牙切齿地说，还你妈不知谁弄死谁呢！说完就一屁股坐在马路牙子的砖头上，双手抱着头痛苦地沉思起来。忽然有人踢他的屁股，他惊地站起身，发现是小不点。小不点的个子比小马矮半头，实际年龄却比小马大七八岁，地地道道一成年人。就是因为个子矮，一直装作个孩子。在"大牙"这帮子人中，只有小马知道他真实年龄，但从来没向外说过。他也佩服小马讲义气，对小马恭恭敬敬，口口声声称小马哥。他掏出一支烟，折成两半，一半夹在嘴角，一半递给小马。小马说，我不抽烟。小不点又把那一半也夹在嘴角，同时点着了，再递给小马，说，你不抽烟不喝酒，活得有啥滋味。抽吧，抽烟真能解闷。小马接过抽了一口，呛得喇嘛几声，扔在地上，正要用脚去踩，小不点伸手给挡住了，接着弯腰拣起来，吹了吹浮土，挟在耳朵根上。

小马问，你有事？

小不点四下看了一眼，把小马拉到马路边停着的两辆车空隙中，然后从衣袋里掏出两张一百元的钞票，在小马眼前晃了晃。小马好像被马蜂蛰了一下，咧了咧嘴，问：哪弄来的？小不点说，你猜。小马说，我没那熊功夫。你爱说不说。小不点这才告诉他，这两百元钱是送他们去医院的那个戴眼镜的中年男子给的。他说，你背小红下车后，那个眼镜拉住我，给了我这两百元钱。小马哼了一声，骗孙子吧？他没向你要钱就不错了，还给你钱。小不点说，骗你才是孙子。他问我你们是做什么的？我说饭店服务员。他笑了笑说，那女孩我好像在马路上见过。接着就掏出钱，让抓紧去给小红看病。我下车要走时，他还给了我一张名片，让有事给他打电话。

小马接过小不点手中的名片，走到路灯下看了一眼，上边写着名字叫二月，职业是作家，还有手机电话。小马惊讶地叫出了声，嘻，骗人的吧，还有姓二的？小不点夺过名片，左看看右看看，也犯起嘀咕，他妈的就是，光听骂人说老二老二的，这家伙怎么会姓二呢？两人你看看我，我看看你，都摇了摇头。

小不点说，咱先不说老二了。你说这钱咋弄？

小马想也没想，回答道：人家给小红的，就给小红呗。

小不点说，我不是不想给她。我怕给了她，让表姐或者老板看见，怀疑小红偷偷留下的，会让小红下一次油锅。两百块呢，等于拿刀子剜老板的心头肉。

小马这回才认真想起来。想了好大会儿，头都有点发涨了，也没想出个办法。小不点抬头看了一眼公交站牌上的广告，一拍脑袋瓜子，兴奋地说，我有个好主意，买部手机。

小马说，去球吧，老板看见还不给收走。他不让咱用手机，不让咱打电话，怕咱和外界联系……

小不点说，咱为啥让他看见？这手机就你、我、小红咱三个人用，想家的时候给家里人说说话。说完，不等小马发表意见，又说，就这么着。小马一时没想到好办法，也就没再反对。

两人回到地下室，表姐早已回来了。她打开塑料袋让小马看，说，现在吃的喝的一天一涨价，猪鸡巴长点的火腿肠，都涨到两块五一根了。你看看，二十元钱就买这点东西。

小马没看。不是他没心思看，也不是他相信表姐，他只想着小红睡得踏实不踏实，还发不发烧。他在小红的额头上摸了一把，感觉烧退了些，才舒了一口气。他刚要躺下，听见小红在翻身，嘴里冒出一句：我还你的红夹克。他觉得鼻子发酸，眼睛潮湿了。

五

"大牙"收到的信息是美容美发店一个叫小花的小姐发来的。自从奥运场馆建设工程序幕拉开，不仅一下子冒出"大牙"、"大仙"这样的乞讨队伍，还冒出了一个个小美容美发店。大多数美容美发店是冲着农民工开的，价格便宜，服务正规。也有的美容美发店，同样是针对农民工，但既没理发工具也没有理发师傅，就几个小姐打扮得花枝招展，专门在华灯初上的时候开门迎客。那几个小姐通常站在马路边上，见有男人走过，低声说一句：快炮。要是那个男人板起脸，生气地训斥，小姐就会皮笑肉不笑地说，俺是给你开玩笑，让你快点跑，你媳妇在家等你呢！如果那个男人接上话茬，小姐就贴到他身上，悄悄地说，打快炮，二十！然后半推半扯地把那个男人拉进店里。

当地的派出所、联防队曾多次采用突然袭击的办法进行检查，严厉打击这种卖淫嫖娼行为。但是，这类路边店犹如野火烧不尽，春风吹又生，没几天又悄然出现。作家二月曾写过一篇短文评价这种现象，文中说，数以万计抛妻别子的农民工的性生活不能忽视⋯⋯，受到不少人的攻击甚至于辱骂，有的指责他给农民工脸上抹黑，有的骂他为社会丑恶现象辩护。二月感叹地说，社会上出现的"护短"现象令人可怕。秃子头上虱子明明摆在那里，有人非得说是金子般的阳光。

实际上，这的确是一种供需问题。有的官员包养情妇，有的富人包养二奶，不就是他们有豪华的房子豪华的床？难道只有他们这些男人才有性欲？就拿"大牙"来说，三十多岁的人了，又没有老婆，除非他是性无能，否则怎么会没有这方面的需求？"大牙"在路边店被查封的日子里，就曾在"大仙"面前发过牢骚，说，就有本事治俺这些人，有能耐去那些贪官、富豪被窝里抓几个光腚女人？

"大牙"赶到他经常光顾的路边店时，小花已在路边等他。他刚要上前抱小花，小花闪开了，开门见山地问：你惹什么麻烦了吗？

"大牙"愣了愣神，不解地问：你，你啥意思啊？

小花说，刚才有个说自己是社区居委会的老太太来这打听你，问你是干啥子的。"大牙"马上想到在医院见到那个白头发的老奶奶，心一阵颤抖，紧张地牙齿打架，你，你告诉她了？

小花说，什么，我才不那么傻Ｂ呢。我说我怎么问客人干啥事挣多少钱？他是我表哥！

"大牙"嘿嘿笑着说，这就对了。他的眼睛眨巴了几下，又说，我倒无所谓，你要是露了馅，麻烦就大了，少说也得进劳教所。

小花装出十分害怕的样子，说，那你快点走吧。大花姐让我转告你，俺挣点钱不容易，往后你也别来俺这店了。说着，转身进屋，砰地关上了门，还把灯灭了。

"大牙"愣怔地站了一会，突然拔腿就跑，一口气跑到桥西，咣咣地去敲"大仙"的门。"大仙"在屋里骂了一句，哪个狗日的，半夜三更报丧呢？"大牙"说，是我，大牙。给你说点儿事。"大仙"问：急吗？你又没有媳妇急着生孩子，明天再说吧。我躺下了。"大牙"急了，手脚并用，一边咣咣地敲，一边当当地踢，嘴里还念叨着，比你妈生孩子还急，急死人了。

门开了，一个女人一边扣着衣扣一边低头往外走。"大牙"看了一眼，认出是"大仙"这边新来的个老妈子。他进屋后关上门。"大仙"光着身子披着张破了十几个洞的破毛毯，嘴里含着刚点着火的烟，不高兴地说，我好不容易摆弄硬，你小子一敲门把它又吓软了。这得害我半年不能再折腾那事。又问：啥急事？

"大牙"说，又要整治咱了。接着，把在医院里碰上社区干部，社区干部到路边店打听他的情况，给"大仙"讲了一遍。"大仙"眯着眼，边听边琢磨，等"大牙"说完停下来后，问：完了？"大牙"说，完了。"大仙"又问，就这屁大的事？"大牙"快要哭了，说，这还是小事啊？关系咱的活路。

"大仙"没有马上说话。他摁灭了烟头，从床头的一只旧桌子抽屉里拿出几颗带壳的花生，剥去皮，又拿出二两装的二锅头，喝一口酒扔嘴里一颗花生，上下牙齿咀嚼得吧嗒吧嗒响。"大牙"又气又急，但是又不敢发火，只有站在一旁等着看着。"大仙"喝了几口酒，吃完了那几颗花生，才抹了抹嘴，说，我给你说不会天塌地陷。你要是愿意撤，我也不拦你。

"大牙"小心地问：真没事？

"大仙"说，我没那样说。

"大牙"问，那你是啥意思嘛？

"大仙"穿上衣服，一边往外走一边说，到外边说话。外边天高地大，你就不会那么小心眼了。

二人到了马路边。马路上正是车多的时候，而且大多是拉料的大车，不知是最前边哪辆车抛了锚还是在工地卸货耽搁，造成后边的车辆排成了长龙。一时间，汽车喇叭声此伏彼起，颇为壮观。"大牙"有点不解：狗日的"大仙"带我来这喝汽车尾气味啊？他没有催着问"大仙"。他与"大仙"从大打出手到握手言和，从"大仙"那儿渐渐地学到了不少东西，尤其是"大仙"处变不惊的风格让他佩服的五体投地。果然，"大仙"说话了。他说不管一个人职务多高，权力多大，过去那些政治运动并没有绕开农村和农民，所以"大仙"这样的农民也经历了风雨，见过了世面，在运动中成长和成熟起来。

最终都要退出历史舞台。何况咱们这些叫花子乎？

"大牙"没明白"大仙"话中的含义。他也不可能明白。毕竟"大仙"年长他一半，经历过大大小小多次政治运动。过去那些政治运动并没有绕开农村和农民，所以"大仙"这样的农民也经历了风雨，见过了世面，在运动中成长和成熟起来。"大仙"最拿手的是背毛主席语录，不光当年全国印发的红本本毛主席语录从头到尾可以滚瓜烂熟地背下来，甚至哪句话在第几页都讲得一字不差。"大牙"耐心地等候"大仙"往下说，而他偏偏说了两句就停下了，低着头在马路边拣起烟头。"大仙"无奈，只好跟着帮他拣烟头。"大仙"把拣来的烟头逐一剥去皮，扔掉烟屁股，用报纸的纸条卷成喇叭状，点着后深深地吸了一口，才说，短时间看，没人管咱。

短时间是多长时间？"大牙"迫不及待地问。

"大仙"说，奥运会前吧。又说，毛主席他老人家教导我们，知己知彼，百战不台（他把殆读成台）。你想想，这全中国都在支持北京开奥运会，北京有多少干部有时间连咱叫花子也管？我现在替你担心的是内部，内部千千万、万万千不能出事。毛主席哼哼（他又把谆谆读成哼哼）教导我们，堡垒最容易从内部攻破。你管教好你那几个调皮的小家伙，别让他们惹是生非，我保你不会出事。

"大牙"说，明白。

其实，"大牙"最近些日子的确有一种危机感。这种危机感恰如"大仙"所说来自内部。与"大仙"分手后，他一边往住处溜达一边思考着怎样落实自己让小红致残的计划。

让他们晚上也出来干活。晚上有夜色掩护好做手脚。他想。

第二天晚饭后，"大牙"郑重其事地让小马几个人站在他面前。这是他的规矩，还是从"大仙"那儿学来的，叫军事化管理。虽然咱是叫花子，毕竟有领导、有分工，那就不能像散兵游勇一样想干啥干啥。他说，我这几天晚上没睡觉，观察了一下，场馆工地建设加班加点，车来车往也多，桥西边那伙子可抓住了机会，分班干活，一个晚上的收入比白天还多。

　　小马咕噜着说，那还不是老板越来越有钱，干活的人有个越来越有钱的老板。

　　"大牙"瞪了小马一眼。按他的脾气本来会接着发火，骂小马一通或打他一顿。可是今天他没有，相反笑嘻嘻地说，小马你的意见我已经认真考虑过了。我打算让表姐帮着扒拉一下账，月底给你们发钱。

　　小马的眼睛一亮，看了小红一眼。小红虽然病还没好透，"大牙"今个白天就已经让她干活了。小红对小马说，快该穿夹克了，我得赶快买了给我同学寄回去，省得她家人又到我家去骂。他给小红算过账，即使老板每人发他们两百元钱，他和小红两个人的工钱加起来就是四百元，再向小不点借一百，够买一件小红同学一模一样的红夹克了。中午的时候，他拉小红偷着跑到附近一家商场看了看，和小红同学同样牌子同样红色的夹克卖四百九十八元钱一件。也有便宜的，最低的只有几十元，小红不干。她说弄坏啥样赔啥样。

　　小不点更激动，竟然流下眼泪，哽咽地说，老板，你待我们太好了。我们以后死心塌地跟你干。你走哪里我们跟哪里。你千万别把我们给蹬了！

　　"大牙"说，怎么会呢？我现在把你们都当亲兄弟姐妹了，那能干

44

出那种绝情的事。这样吧，晚上挣十提一，就是十元钱给你们一元，当场兑现！说完，目光从他们脸上一一扫过，问：今晚谁干活？

我！小马第一个举手。

我！小红、小不点抢着回答。京京站在最前边，但是话说得慢了，急得哭着往表姐怀里钻，妈，我要干活。

"大牙"高兴地眉飞色舞，鼓着掌说，好好，让桥西那帮老家伙看看，还是咱的战斗力强。

小马他们出去后，表姐准备换衣服也出去。她平时换衣服都是在小马他们出去以后，没想到刚脱光上身，"大牙"又回来了。他是想回来嘱咐表姐几句什么话，嘴巴张开了却啊啊地没说出来，眼睛也睁大了，盯着表姐胸前两只像装着沙子的口袋一样的乳房。他第一回见生过孩子的女人的乳房，又软又长，不像小花那样的女孩子跟个馒头样一把抓，还有的女孩胸很平。表姐不知是故意还是不在乎，只用裙子挡住肚皮，冲"大牙"笑笑。"大牙"上前一步抓住表姐的乳房揉了几揉，刚要去亲表姐，大腿被咬了一口，疼得他噢噢叫了几声。这才想起忽略了京京。京京骂他，流氓，那是我的！"大牙"沮丧地松开了手。表姐怕"大牙"生气，悄悄在他耳边说，等孩子睡了吧！"大牙"说，去你妈的，老子才不喝涮锅水呢！说着，却又摸了一下表姐的下身，快快地往外走。

表姐问：老板你是不是有话对俺说？"大牙"头也没回，说，你帮我盯紧小马那孙子。天黑了，我一双眼睛忙不过来。

"大牙"对小马的担心并不多余。小马确实在打着私下藏点钱的主意，或者叫截流给"大牙"上交的钱。自从小红告诉他，她是为一件红夹克离家出走，打算挣够钱买一件红夹克赔给同学的心事后，他就在想着怎样帮小红攒钱。"大牙"的心太黑，他领教过了。狗日的还天天骂这不公平那不合理，说人家富人心黑，岂不知你自己也黑心。跟你半年多了的这几个小兄弟，你给谁发过一分钱？再这样老老实实跟你往下干，恐怕永远挣不够买回家的车票钱。他准备把讨来的钱一分为二，给"大牙"一半，留下一半。他知道"大牙"每天三番五次地检查，有时候还会对他们突然搜身，所以他要先找到一个藏钱的地方，必须是"大牙"找不到甚至想像不到的地方。

出门走了不远，小不点摔倒了，是被马路牙子上一块砖头绊倒的。小红把他拉起来，讥讽他说，你不读书不看报，眼睛咋会近视呢？小不点踢了那块砖头一脚，骂道：妈的，又豆腐渣子工程。小马看了看砖头留下的坑，心里高兴地笑了。这不就是藏钱的好地方？狗日的"大牙"本事再大，也不会想到我把钱藏马路牙子的砖头底下！

主意定下来后，小马干活时积极性也高涨了。他现在不光是给老板挣钱，也在给自己挣钱。尽管夜间给工地运料的车司机比较抠门，脾气也大，十辆八辆车能遇上一个给一元两元的，他到收工的时候手里还是讨到了四十多元钱。这四十多元钱全是一元两元一张的，摞起来厚厚一沓。他挑了十张两元的，在地上拣了张撕成两半的报纸包上，装出一幅漫不经心的样子，吹着口哨，慢腾腾地朝那个砖头洞方向走，眼睛却四下瞟，既怕看见熟人，也怕熟人看见他。到了那个地方，他先装作很累的样子，用手扶着地慢慢地坐下，然后拿起那块砖头，敲打几下砖头洞。一方面让人看见了会以为这个男孩在玩耍，一方面他想把砖头洞底夯实夯平。他做完这些，又站起来走了几圈，直到确定没有人注意自己，才重又坐下，快速地把包着二十元钱的纸包放在砖头洞里，把砖头压上，然后又在周边地上刮了些土把砖头四边的空隙填满。

就在他拍着手上的土，准备站起来时，小不点和小红突然出现在他面前。小不点和小红一组是"大牙"安排的。小红的病还没好透，扮生病的病人不用假装，只是病情说重点，绝症。小不点装作小红的哥哥，哥哥为给妹妹治病乞讨总会引起人们的同情。小红一屁股坐在小马旁边，喊着，渴死我了。小不点则上上下下、左左右右看了一会，用疑问的口气问小马：你咋坐这儿？

小马说，累了。

小不点问，你弄了多少？

小马说，不多，二十多元。又轻轻打了小不点一拳头，干嘛，老板让你当监工啊？

小红很兴奋，说，我和小不点两人弄了快一百呢。说着说着撅起了嘴巴，就是他见人就说我绝症，咒我！小不点忙说，是老板让我说的。反正我不能说老板绝症。他真绝症了，谁养咱们。小马生气地骂了一句放屁！他养咱还是咱养他？小红抢着回答，是咱养他。小不点挠了挠头皮，挤巴几下眼皮，说，也对。

小不点催小马和小红回去。小马站起身后，又把小红拉起来。不过他没有动，咽了口唾沫，犹犹豫豫地问小不点，咱回去实打实交吗？小不点一个愣神，反问：咋的，你过去藏着掖着呢？你不怕老板知道挑断你的大腿？

北京秋天的深夜已经很冷，他们三人都还穿着单衣，身子在冷风中微微发抖。小红不知是冻的还是听了小不点的话害怕，说话时牙齿都在打架，发出敲击电报似的达达达达的声音。她说，小不点你，你别瞎说，小，小马哥不是那，那种人。小马说，我过去不是那种人，现在想做那种人。小不点你他妈的年纪比我大，就不动脑子想一想。咱这样给"大牙"挣钱，他越攒钱越多，咱呢？你就不想想后路。小不点见小马很真诚也很认真，才带着哭腔说，我能不想吗？可我敢想吗？老板个狗杂种心狠手辣，让他逮着了能有个好？说着说着真的哭出了声，我都二十了，长得残疾说不上媳妇。我爸我妈赶我出门时说，你挣了钱才有女人跟你。我，我做梦都想着挣钱……

小马和小红沉默了一会。两人心里也一阵阵发酸。最后，还是小马先开了口。他说，咱仨今天说好了。从今个起，咱挣的钱一分为二，给老板一自己留一。你们要是信得过我，我帮你们收着藏着。老板要是发现了，我也一个人担着。我小马绝不做孬种连累你们。不过……小不点抢着说，小马你别说不过。我和小红向老天爷保证不会出卖你。出卖你对俺俩有啥好！

三个人的手紧紧握在了一起。

六

月底到了，"大牙"没有兑现发工钱的承诺，让他感到惊异、不解的是小马、小红、小不点等没有一个提起这件事，只有表姐念叨过几句，他一瞪眼又马上打住了。难道这些孩子得了健忘症，抑或害怕他的权威？他琢磨不透。

琢磨不透就开始加倍防范，"大牙"这回用了"大仙"的办法。

"大仙"曾经告诉过他，你手下这些人越是乖巧的时候你越得盯紧点，给他们来个警钟长鸣。他虽然不懂什么叫警钟长鸣，但是他信"大仙"的话。表面上，他同"大仙"谁也不服谁，说话你压我，我压你，就连喝酒也较劲，你少喝一口，我得少喝一杯。但从内心里他服气"大仙"。他问过"大仙"用得什么办法盯得那么紧？"大仙"笑笑，说，这和吃饭一个样，这道菜是什么味你得用舌尖去感觉。

你他妈的不告诉我，我也能摸索出来！"大牙"决定进一步加大对小红的进攻火力。这天，小红收工交钱的时候，他给小红留下十元钱，让她买件衣服。他说，从这往东一直走，半里地的光景，路北就有摆摊卖衣服的，全都是从城里人那里收来的大人和小孩换下的衣服，有的只穿过几水。说着，他拉着小红的手，让小红摸摸他身上的毛衣，看看，纯羊毛的，要是在商场买，打完折也得三四百元。

小红把手抽回来，惊慌地说，我听说那里还卖死人穿过的衣服呢！

"大牙"说，又听小马那狗日孩子胡说八道吧？他身上那条牛仔裤还不是在那儿买的。再说了，死人的东西又怎么了，每年那么多人冒死盗古墓里的东西，不就是因为古墓里陪葬的东西值大价钱。你小孩子家可能没听说过金缕玉衣，那是皇帝他老娘死的时候穿的，就一片都值半个北京城的钱。

小红说，不会吧？半个北京城老大了！

"大牙"说，人说价值连城，连着的城不比半个城大？他可能觉得自己讲不清楚，就说，不说这个了。我再给你加五元，你爱那买那买去。

小红接过钱，低着头数了一遍又一遍，十五张一元的票子好像在她手里点不清楚。"大牙"心里暗想，这孩子到底是偏远的山沟里出来的，纯！他问小红，叔对你怎么样？小红说，好。他又问：咋个好法？小红冲他笑笑，说，叔疼我。"大牙"心里笑了。他不失时机地编了个谎，假惺惺地揉着眼睛，难过地说，不瞒你说，叔在老家有个和你一般大的闺女，长得也和你一样讨人喜欢。她三岁的时候生了场病，狗日的大夫给拿错了药，吃了几天耳朵聋了，嘴巴也不能说话了。我气得把那个大夫砍了一刀。要不是给闺女治病，我才不会千里刀刀跑北京来要饭……

小红早就听小马说过，"大牙"曾经编过故事骗他和小不点，说得是他老娘早上起床去猪圈喂猪，被一头发了疯的猪给咬伤了。所以，她压根就没把"大牙"的话往心里放。"大牙"见她无动于衷，心里又犯起了嘀咕：这妮子咋就没点同情心呢？又想，女孩子没有同情心，做事能下狠心，可以利用，可以利用。

晚上睡觉的时候，小红把"大牙"给她十五元钱的事跟小马和小不点说了。小不点一听就来了气，咬牙切齿地骂"大牙"偏心眼。他说，小红你得注意点，这孙子啥事都干得出来，别打你的坏主意。小马给了他一巴掌，说，你别放屁！他是想收买小红给他当鹰，鹰什么来着……小不点说，那叫鹰犬。小马说，反正就让她看着咱俩。小红乐了，小马哥那太好了。我表面上听他的，背地里听你的，让他摸不着咱仨啥想法。

小不点也格格笑了。笑声惊动了京京。京京对表姐说，妈，妈，我听见爸爸的笑了。表姐打了她一个响亮的耳光，骂道：你别再在我面前提那个死人！

京京不敢哭了。屋子里一下陷入死一般的沉静。

夜深人静的时候是想家的时候，何况小红还是个孩子。她翻了个身，脑海里出现了家乡那个大雪覆盖的村庄，一缕缕蓝色的炊烟袅袅升起，一群群瘦弱的牛羊悠悠游荡，一排排高矮的屋檐下晒太阳的老人……突然，一个老人扶着墙壁艰难地站起来，迎着一个穿红夹克的女孩张开双臂，喊着，孙女，我的大孙女回来了。

小红叫了一声爷爷，吭哧吭哧地哭了。

其实小马也没睡着。他听见小红在哭，隔着另一个女孩拍了拍小红，示意小红出去。然后，他又推了一下小不点，在他耳边说，起来。

三个孩子到了门外，小红还在抹眼泪。小不点抱怨地说，半夜三更你哭个啥？小红说，我想我爷爷我奶奶我爸我妈。小不点说，你早干啥了？他还要往下说，小马踢了他一脚制止了他。小马向小不点伸出手，小不点问：啥？小马没回答，只是晃了晃手，把手放在耳朵边。小不点明白了，鬼鬼祟祟地朝走廊尽头看了一眼，转身对着墙解开了裤腰带。小马问，你弄啥呢？小不点掏出手机，递给小马，说，我怕老板和表姐看见，拴在裤裆里边了。小马笑出了声。小红也破涕为笑。

那部手机非常小巧，放在手心里一握拳就看不见了。小马打开手机，发现没有信号。他问小不点，是不是地下室没有信号？小不点低着头没回答。小马拔腿就朝上走。地下二层到了夜间十二点电梯就关闭，只能爬楼梯。小红和小不点也跟着他往上走。

到了地面，小马见手机上显示的是让插卡，他问小不点，咋回事？小不点才软绵绵地说，我没买卡。小马问：为啥？小不点说，我家你家小红家都没电话，更没人用手机，咱给谁通话呀？

小红沮丧地说，是呀，咱要手机有啥用？

小马啥话没说，愣怔地站着，一脸无奈的笑、悲凉的笑。过了一会儿，他才对小不点说，明天把它卖了，给小红一百，咱俩一人五十。我把这五十寄给我弟弟的学校食堂，让他们买猪肉。

小不点说，咦唏，我在小报上看猪肉涨价了，五十元钱能买多少？小马说，一人吃一块够了吧。小红说，小马哥，那把我一百元也给你用吧。小马拍拍小红的肩膀，你再熬上个把月，就攒够买红夹克的钱了。小红难过地揉着眼睛说，我都出来三个多月，100多天了，不还红夹克我不敢回家！

三个人又沉默了。这时，不远处传来轻飘飘的音乐声。他们不懂音乐，听不出是什么曲子，但悠闲自在、轻松活泼的旋律也让他们得到些许享受。小不点突然拍了下脑袋瓜子，紧张不安地说，坏了，咱仨出来这么久，表姐肯定会告诉老板。老板要是审咱，咱怎么说？小红一听也急了，拉着小马说，小马哥，快回去吧！小马没动。他朝音乐声响的地方呶了呶嘴，说，那是大排档。咱过去要几个钱，明天就给老板说是出来要钱，那怕交他十元八元，他也准乐得屁颠屁颠。说着，他带头朝大排档那边走。小红紧紧尾随他身旁，由衷地说，小马哥你太厉害了。小马说，都是逼得！

虽说是夜深时刻，大排档却几乎座无虚席。客人有来自附近奥运场馆建设工地的农民工，有给工地运送材料的卡车司机、装运工，有还没归家的年轻情侣，有些刚从附近歌厅出来、玩兴未尽，带着坐台小姐换地方继续潇洒的，也有老板模样的。从路边停放的各种各样的车辆，也可以看出来大排档的人很杂。小不点刚走到大排档一个圆桌前，突然轻声叫起来，小马，有情况。等小马和小红围过来，他眼睛朝下，点点头，说，我踩着了个东西，软软的，像……

像什么？小红问。

小马很机灵。他见四边桌子上的客人中有人在看他们，就装作愤怒的样子，用胳膊挟住小不点的脖子，一使劲把他摔倒地上。小不点趁势拣起刚才被他踩在脚下的东西，撒开腿就跑，边跑边骂，有种你过来揍我！小马丝毫也没犹豫地追了过去。小红惊讶地睁大了眼睛，干嘛干嘛呢，你俩？说着也去追了。旁边桌子上有人感慨地说，这些个外地来的孩子不管怎么行呢！

小不点一直跑到离大排档几百米远的地方才停下，弯着腰直喊，累死我了，累死我了！

小马比小红早到一步，也累得气喘吁吁。他等小红到了，才让小不点把东西拿出来。那是一只棕色钱包，打开一看，里边有一千二百元现金，还有一张信用卡、一张身份证。小马看了一眼身份证，惊奇地叫出了上边的名字，二月，哎呀，怎么会是他呢？

小红问：你认识？

小不点抢着回答，就是上次你闹急性肠道炎，咱拦他的车，末了还给你留二百元钱的那个作家。小红夺过身份证，看了看上边的照片，说，这是好人。小不点兴奋不已，把钱包里的现金全都拿了出来又数了一遍，一边数着一边说，咱发财了。小马小红，你俩说这钱咋分？

小马说，不能分，咱得还人家。

小不点一下子板起了面孔，虎视眈眈地看着小马，说，凭啥？你想学雷锋，还是怕钱咬手？小马坚定不移地说，我说不能分就不能分。

小红也听明白了，表示支持小马。

　　小不点气得跺着脚，说，这钱包是我拣到的，得我说了算。你俩要是不愿分钱我也不怪。让我还给他，没门。

　　小马二话没说，上前用胳膊勒住小不点的脖子，可能这次用力太大，勒得小不点直喊疼，两条腿左踢一下右踢一下，想从小马的胳膊中挣开。小马问：你还不还？小不点说，你勒死我，我也不还！小马说，你敢不还我真勒死你。你狗日的知道不，那人帮过小红帮过咱，同情咱。小不点喘着粗气说，他同情咱能让咱在北京住下不？能让我找个媳妇不？

　　小红去拉小马的胳膊，让他松开。她说，小马哥你让他喘口气再说话。小马松开了勒着小不点脖子的胳膊，却用手抓住了他的衣襟，一个字一个字地说，小不点我告诉你，人家丢了钱包丢了身份证，肯定会报警。北京的警察厉害得很，一查准查到咱。

　　小不点不服气地说，警察查着我也不怕，我又不是偷他的钱包。

　　小红感觉小不点的话有问题，却一时又找不出问题在哪里，就顺着小马的话说，你偷没偷警察叔叔信吗？

　　小不点被小马和小红的话给唬住了。他踌躇片刻，说，那咱得把现钱留下来。小马说，那不行。小不点急得哭了，一千元钱呀，咱仨天天偷点藏点得到猴年马月才能攒这么多……我不给你们玩了！他把钱包朝地上一扔，哭着回地下室去了。

　　小红看着小不点的背影消失在地下室出入口，心里打了个寒颤，不安地问小马，小马哥，小不点会不会向老板告状，说咱偷着藏钱？小马想了想，摇摇头，说，不会。老板不喜欢他。再说，他一张嘴能说过咱两张嘴？

接着，他俩商量怎么找二月还钱包，怎么对付"大牙"，商量好以后，小马又把钱包藏好，才回了地下室。

第二天一大早，小马还没从梦中醒来，觉着胳膊和手疼痛，醒来才发现自己被捆了个结结实实。不用说，只有"大牙"才敢对他这样。他挣扎了一会，只是翻了个身，没能站起来。翻过身一看，小不点蹲在门口，含在嘴唇边的烟头瑟瑟抖擞，眼睛也看着鞋尖，不敢正面看他。让他大吃一惊的是没看见小红，表姐他们也都不在。他大吼一声，小不点！小不点哎地应了一声，像触电一样跳起来，惊慌失措地指着他说，你，你干嘛？捆着了还不老实。

小马问：他把小红弄哪儿去了？

小不点眨眨眼，重又蹲在地上，抽了一口烟，说，你别管。老板带她出去了。又说，是老板捆得你，让我看着你，与我没关系。

小马说，放你妈狗屁！老板这叫非法拘禁我，懂不？你看着我就是帮着干违法的事，知道不？没你的事，哼，说得轻松。我要告警察，老板判十年你最少也得判八年半。

他这一说，小不点害怕了，我又没打你没骂你。再说，我也会给警察说，老板让我干事我能不干，不干你们管我饭？

两个人正在拌嘴，"大牙"怒气冲冲地回来了。他同时点了四支烟，并排放着，然后开门见山地问小马，钱包呢？小马按照昨晚和小红商量好的说法，睁大眼睛看着"大牙"，回答说：你说的啥我听不懂。"大牙"阴险地笑了笑，好，好，我看你是听不懂还是装他妈的蒜！说着，一手拿着一支烟头，在小马左右脸颊上烫了一下。小马疼

　　"大牙"一边抽烟，一边骂小马和小不点，看那架式，小马今天如果不说出钱包的去向，他和小马就没完没了。

得大叫一声。"大牙"问：现在知道了吧？小马说，不知道就是不知道，打死也不知道。"大牙"向小不点招招手，示意小不点把另两支点着火的烟给他。小不点犹豫了一下，"大牙"破口大骂，老子还没给你算账呢，你给我老实点。小不点这才拿起烟，小心地递给"大牙"。"大牙"没接，指了指小马的光脚板。小不点吓得脸色苍白，丢下烟就要跑。"大牙"一伸腿把他挡住了，说，怎么着，还同命相怜？你今天不照我说得做，我让你吞下去。

　　小不点蹲在地上，吭哧吭哧地喘着粗气，眼泪也流了下来。"大牙"又踢了他一脚，他才拣起烟，浑身上下哆嗦不停，几次也没接触到小马的脚板。"大牙"在他屁股上踢了一脚，烟头才在小马的脚上烫了一下。小马一边喊着疼，一边对小不点说，你狗日的该咋做就咋做，哥们不会怪你恨你。

　　小马的话显然感动了小不点。他把烟扔在地上，捂着脸嚎啕大哭。

　　"大牙"恼羞成怒，挥起竹尺左右开弓，噼拍打小不点一下，又噼拍打小马一下，来来回回打了二十多下，直到胳膊发酸才停下。小不点的哭声一声比一声高，小马却始终咬着牙没叫一声。

　　"大牙"一边抽烟，一边骂小马和小不点，看那架式，小马今天如果不说出钱包的去向，他和小马就没完没了。这时，表姐匆匆忙忙回来了。她趴在"大牙"耳朵边嘀咕了几句，"大牙"大惊失色，拉着表姐走到门口。小马从门缝看见"大牙"神情紧张，马上想到小红的安全，忍着疼问小不点：小红呢？小红现在在哪里？小不点摇头。他趴在地上爬不起来，好像只剩下摇头的力气。小马火了，你狗日的听好，小红哪怕有点鸡毛蒜皮的事，我都剥你的皮！

过了一会，"大牙"返身回来，又骂了小马和小不点几句，让小不点给小马松绑，说，你两个小子记住了，从今个算起，每人每月给我交三千，少一元我剁一根手指头。

"大牙"走后，小不点对小马说，我给你解开了，你不能打我！

小马心里惦记着小红的下落，又问：他把小红弄哪去了？

小不点气急败坏地说，我真不知道。老板把她带走的。

小马说，你快给我解开绳子，我得去找小红。他怕小不点害怕，又说，老子才没功夫给你磨蹭呢。

到了下午小马才从表姐嘴里知道，原来是"大仙"那边有人反水，卷走了"大仙"所有的现金，还给"大仙"留了个纸条，警告他不要惹火烧身：你做得坏事自己清楚，不杀头也得蹲到死！那个反水、卷走他钱的就是陪"大仙"睡觉的老妈子。"大仙"一气之下喝光了一瓶白酒，醉得不省人事。他手下有几个人见辛辛苦苦挣得钱一夜之间无影无踪，十分恼怒，把"大仙"狠狠揍了一顿后溜之大吉。"大仙"身边只剩下一个瞎老头，一个瘸老太太。他捎话让"大牙"过去，商量和"大牙"兼并重组成一个团队。"大牙"一听表姐说这个消息，受了很大打击。"大仙"控制那么牢的团队都作鸟兽散了，他不能不考虑自己团队的下场。所以，他才放了小马一把，匆忙去赴"大仙"之约。

小马说，这叫啥？这叫为人别做亏心事。老板以为别人真怕他，实际不是那回事。你吃你的大鱼大肉，我吃我的山芋稀粥，我不眼红你，你也别打烂我的饭碗。你让我连稀粥都喝不上，我还能白白看着你吃大鱼大肉！

小不点说，小马你这话从哪学来的，真他妈够深厚的！

那不叫深厚，叫深奥！小红说，又拍拍小马的肩膀，夸赞：小马哥你真有才。

小马叹了口气，说，本来嘛！穷人和富人，当官的和平民，城里人和乡下人，大人和孩子，各有各的活法，谁也别动谁的尊严。就像咱天天看见路上跑的车，那有几条行车线，一百万的车和几万的车，本来各走各的道，在各自的行车线里，你觉得你车好，非得强行占人家的行车线超人家，那还不容易剐了蹭了？剐了蹭了还不容易骂起来打起来？

此刻，他们三个人又到了大排档夜市。中午的时候，小红就告诉小马，"大牙"早上并没为难她。他绑小马时故意让她在现场看，她没显示出惊慌失措。"大牙"把他绑上后，把她叫到地上，问她昨天晚上拣钱包的事。她按照和小马商量好的对策，咬死口说没有这回事。说着，她哇哇地哭起来，对"大牙"说小不点欺负她。"大牙"问：他怎么欺负你了？她说，每天晚上睡觉，他的眼睛像勾子，盯着我的胸看。昨晚到了大排档，他趁小马哥低头向人家要钱时，两个手摸我的胸。小马哥听我骂他，就过来揍他一拳头。他说，我告诉老板你俩偷人的钱包！"大牙"似信非信，问：那钱包是偷的不是拣的？她说，也没偷也没拣。

小马问她：老板就这么轻易信你的话？

小红说，不知道。反正他就让我上路干活去了。

小马说，咱往后小心点。你、我、小不点三个人加起来，也斗不过他的心眼。

两人又商量着怎么把钱包还给二月。他们都不想和二月面对面，怕二月问三问四，不好回答。最后，小马提出给二月打个电话，约他到北沙滩一个地方把钱包取走。两人做完这一切，仿佛什么事情也没发生过一样，谁也不再提一句。小不点见小马时，问他钱包的事。小马轻描淡写地回答道：还了！小不点似信非信，目光直直地盯着小马的眼睛看。小马急了，说，就算我欠你一千元钱！

三个人转了一圈下来，凑起来才讨了不到十元钱。小不点失望地说，这夜市不能再来了。说着，突然碰了碰小马，说，老板。小马顺着小不点点拨的方向一看，"大牙"和"大仙"正在一个角落的桌子上喝酒。他气得扭头离开了夜市，边走边对小不点和小红发牢骚，还真以为自己是老板。小不点也不平地说，就是，两人都觉得是丐帮帮主呢！

七

小红，你信表姐吗？表姐一边给小红梳头，一边亲切地和她聊天。

小红说，信。

表姐说，那你告诉表姐，那天晚上你和小马、小不点在大排档夜市真拣着钱包了？

小红举起胳膊，摇摇手，说，没有，没有。表姐我真不骗你。

表姐的脸一下子拉长了，狠狠地瞪了小红一眼。小红的脸朝前，后脑袋对着表姐。她看不清表姐的脸，但是能感受到表姐的不满。因为梳子扎得深了点，头皮疼了一下。表姐没再往下问，却冲着在一旁玩游艺机的京京骂道，死丫头，不识好歹，年纪不大心眼不小。早晚得让那个男孩骗了。京京抬头看了表姐一眼。她不知道妈妈为啥莫明其妙地发火。

表姐骂过京京，又对小红说，红，表姐为你好，才给你掏心窝子说话。往后你和那个少胳膊的小马、缩头乌龟的小不点一起留点意。

小红问：为啥？

表姐说，这你还明白。打小就老是盯着女孩子看的男人，血都带着色。小红扑哧笑了，表姐，血就是有色的，红色，鲜红鲜红。表姐说，我是说那种男人骨头都带色。从小看大。小色鬼到老了还不是老色鬼。小红说，我不怕。过些日子我就回老家了。

表姐一惊，拿着梳子的手停了下来，问：你真回老家？

小红转扭头看着表姐，问：怎么啦表姐？你不回老家了？表姐轻轻地把她的头又扭过去，叹着气说，我回家又能干啥？小红说，那京京在北京上学呀？表姐说，咱凭啥？在家上学都难，还在北京上呢。

小红觉得脸上一热，用手一抹，是滚烫的泪珠儿。她的眼睛也潮湿了。

天气一天比一天冷起来，道路两旁的各种树木的叶子一天比一天少，太阳落山以后在路两边坐着休息聊天的人与过去比没有减少，但天一黑好像接受了什么指令，一下子就消失地无影无踪。小马他们在地下室里呆的时间却比过去短了。这是"大牙"根据季节变化及时调整了战略。他对他们说，换季了，衣服加厚了，咱要饭的往路上一站，人家看咱穿得单，冻得哆嗦，更能发发善心。他还对搭档进行了重新组合，片段进行了重新划分。他拒绝了"大仙"与他兼并重组的要求，把表姐和京京加上另一个男孩调配到"大仙"那边，"大仙"按表姐他们三个人的收入，给他五五分成。一开始"大仙"说京京不能按一个整人算收入。他说，京京这小孩子最能让人同情。她一人的收入比她妈多好几倍。你不要她，她妈也不能过去。"大仙"只好同意了。其实，他算计得比"大仙"精明：表姐母女俩的吃喝住都得花钱。更重要的是他感觉表姐最近也动了回老家的念头。

这样，小马、小红和小不点三个成了新的组合。小红仍然三重身份：患绝症的小女孩、为救垂危父亲的失学儿童、身患残疾的聋哑少年。小马本来就缺胳膊，不需要假装，只是当小红以聋哑少年身份出现时，他假装她哥哥。最惨的是小不点。"大牙"让他以下肢瘫痪者身份出现，每天跪在用一块四方木板做成的滑板上，靠两手扶着地行走，而且还要穿行在来来往往的车流中。他不愿干，"大牙"就威胁他说，假装的你不干，那我就把你的腿弄断，让你成真的，你为了糊口还是得干。

小马认为"大牙"太过分，替小不点说了句话，意思你让他"假装"要交多少钱，他不装也交你多少钱，何必让他受罪。"大牙"咣咣给了他两拳头，狗日的你是老板还是我是老板？

小不点并不领小马的情，反过来还埋怨他，说，要是我把拣的钱包给老板，他还能这样待我？都怪你俩。

小马说，你拉倒吧！我家村长开了个金矿，钱多得像我家后山山泉哗哗哗哗流不光。怎么着，他还不照样连俺家低保都贪。我给你说吧，越是有钱的老板越把钱看得重。咱上路干活你没见，越是开好车的越他妈的抠，还牛B哄哄！

小不点挠了挠头皮，说，也对啊。

> 人的记忆也分美丑，太美太善的容易记住，太丑
> 太恶的也容易记住，而过于平常的却往往记不住。

　　小不点确实受了罪。那块四方木板下边就安了四个轮子，移动木板得靠他一双手像划桨似的在地上拨拉，拨拉一下往前挪一步，再拨拉一下，再往前挪一步。那条街这些日子被重载的汽车辗来辗去，路面坑坑洼洼，高低不平，有时他费了九牛二虎之力，涨得脸红脖子粗，才挪一小步。他本来个子就矮，再跪木板上，伸长了脖子才能够着车窗户。有的司机不注意，还发现不了车外有这么个大活人。好心点的，或者说怕事的给他一元两元钱打发他，态度不好的骂一句，哪钻出来的小老鼠。有的打扮得很高贵的夫人，还故意对抱在怀里的狗说，宝贝，给小弟弟再见。

　　小马有心想帮小不点，可是他自己也有任务指标，加上还得照顾小红，只能偶尔搭一把手。

　　这天傍晚，小马和小红敲开了一辆白色轿车的窗户。两个人同时惊得目瞪口呆，开车的原来是二月。人的记忆也分美丑，太美太善的容易记住，太丑太恶的也容易记住，而过于平常的却往往记不住。小马和小红虽然和二月只有一面之交，后来又在他的身份证上见过他的照片，但对他那张面孔却记得非常清楚。二月显然也认出了他俩，笑笑，说，上车吧。我请你们吃饭。

　　小马说，不行，我们还得干活，这钟点最好。小红碰了他一下，示意不让他暴露身份。小马却又故意说了一句：还没挣够交老板的钱呢。二月脸上闪过一丝阴影，点点头说，我知道，我知道。你们上车说话，马路上危险。

　　小红还在踌躇，小马已经拉开车门钻进车里，接着也把她拉到车上。恰巧绿灯亮了，二月在桥下调了个头，把小马和小红带到附近一

62

家酒店大堂的茶吧，点了三杯茶，又点了几盘茶点。他对两个衣衫不整的孩子热情洋溢的态度，让茶吧服务员感到惊讶，在一旁指指点点，窃窃私语。小红继续装聋作哑，不过脸上觉得发烧，心里也觉得发慌。小马却大大方方地又吃又喝，一点也不紧张。

二月掏出棕色钱包放在小马和小红面前，笑着问：认得吗？

小马和小红面面相觑，都没有说话。

二月问：你们做好事怎么连名也不愿留下。又指着小马说，好在你们交钱包的地方有录像，我一看就认出了你。

小马一边咀嚼着花生豆，一边淡然地说，这叫啥好事，是谁的还谁呗。

二月感动地握着小马的手，摇晃了几下，小伙子，你说得太精彩了。又转脸看了小红一眼，问：小姑娘现在身体好了吧？小红脱口而出地说，早好了。说完她才意识到自我暴露了身份，不好意思地低下头。二月的神情严肃起来，口气也很严肃，你们的遭遇、你们的情况我多少有些了解。你们要是同意，要是相信我，我可以帮助你们。

小马又是摇头又是摆手，认真地说，不用，不用了。我们这样挺好的。说着，他抓了一把花生米装在口袋里，又抓了几颗托在手心上，拉着小红就朝外走。二月哎哎叫了几声，他头也没回。一出门，小红奇怪地问，小马哥，你是不是怕露馅？小马说，人家是作家，啥事不明白。我是怕他给咱灌迷魂药。小红战战兢兢地说，不会吧。那茶我喝了，没下药。小马拍拍她的头，你呀，小孩子。我说的迷魂药是讲大道理，像什么你们这个年龄应当坐在教室里上课。我打心里就不喜欢上课。你小红喜欢读书，不是没有办法才跑出来吗？听他嘴上抹石

我和小不点说好了，你走之前，请你吃一顿北京
烤鸭，别回去给人说来了趟北京，长城没爬过，故宫
没看过，连北京烤鸭都不知啥滋味……说着，他的眼
泪滚出了眼眶。

灰白说，还不如再去要几元钱。

他一提上学读书，小红又难过了，哽咽着说，又快开学了。

小马安慰她说，别着急。我昨天晚上数了数咱攒的钱，最多再用一个礼拜，就攒够给你买红夹克和火车票了。

小红高兴地搂住小马，在他脸上亲了一口。突然想起了什么，问：小马哥你回不回家，还上不上学？

小马坚定地回答：我啥时候挣够买村长金矿的钱啥时回。我不能见他在我爸和老乡跟前神气的样子。小红说，就你这样靠着马路上要，得等到猴年马月啊？小马笑了，我自有打算。你没看报纸上说，有要饭成百万富翁的。他神秘地四下看了一眼，低声说，我已经把表姐娘俩、小不点和几个人秘密发展成我的人，等你走后，我们就学候鸟往南飞了。小红听后呜咽开了，伤心地说，小马哥，咱还能见面吗？

小马借着落日的余辉，深情地看着小红。过了好大会儿，才握紧小红的手，说，我和小不点说好了，你走之前，请你吃一顿北京烤鸭，别回去给人说来了趟北京，长城没爬过，故宫没看过，连北京烤鸭都不知啥滋味……说着，他的眼泪滚出了眼眶。

小红说，我听我爷爷老是说这辈子想来毛主席纪念堂看看他老人家。不知让咱进不？我要看了，回去给我爷爷说，我爷爷准会说我孙女行！

小马说，那咱就去一趟，给老人家磕个头。

两人找到小不点，小不点一看见他俩就吵吵，你俩跑哪粘乎去了。再不来，我今个的钱全都得交给老板。他一边说，一边掏出几张十元的票子，还有一张百元的，递给了小马。小马吃惊地问，你今天遇到

活菩萨了？小不点说，还真让你说对了。有个坐司机旁边的老奶奶让司机给我一百元。我当时感动地在车窗玻璃上给老奶奶磕了几个响头。我说您老人家肯定会长命百岁。

小马说，有这一百块，买红夹克的钱够了。

小不点说，那就明天让小红赶快买去吧。

小红高兴地抱起小不点转了个圈。等到把小不点放下，她才吃惊地看了看自己的胳膊，不相信自己有那么大的力气。

这天夜里，三个人高兴地没睡好觉。

第二天中午，小马和小不点交相掩护着，从马路牙子的砖头下取出攒的钱交给了小红。小红在北沙滩一家商场买了那件红夹克。她做梦也想不到，她高高兴兴从商场出来的时候，被在邮政所二楼观察他们的"大牙"看得一清二楚。她回到住处，刚刚把红夹克用自己的旧褂子包好放在被窝里，"大牙"就进来了。

小红，今个收成咋样？"大牙"笑嘻嘻地问。他平常都把要钱称为收成。"大仙"给他纠正过，说叫花子不这样叫，而是叫挣多少。他说，你叫你的，我叫我的，这就是我的收成，我凭啥不能叫？！

小红吓得脸色腊黄，浑身发抖，一个翻身把包着红夹克的包压在身下。此刻，在她心目中，那件红夹克比她的性命还重要，她要舍命保住它。然而，她哪里是"大牙"的对手。"大牙"只一脚就把她踢得翻了个身，疼得捂着肚子哎哟哎哟地叫，连爬的力气也没有了，眼睁睁地看着"大牙"把红夹克从被窝里提出来，抖了抖，晃了晃，眼睛里全是怒气和怨恨。"大牙"说，你个小熊妮子，老子千方百计巴结你，天热了给你矿泉水，天凉了给你钱添衣服，平时还给你零花钱，没想到你竟敢背着我干对不起老子的事。

小红哭泣着说，这是我得还同学的夹克，老板你还给我。

"大牙"冷笑一声，发出咬牙切齿的声音：还给你？你妈的想得美。他咬着牙使劲一扯，红夹克没有丝纹的响声。他又用牙咬着红夹克的衣襟，然后用手再去撕，还是没有任何破裂。他又提起看了看，妈的，还是皮货，得好几百元！小红你个熊妮子胆大包天，你不想活了是不？

小红已经哭哑了嗓子。她重复来重复去地喊着一句话，老板你还我，老板你还我……

"大牙"说，好，你等着，我回来就还你！边说边出门，把门关上后上了锁。小红爬着滚着到了门口，拉了几下门没有拉开，疯了似地用头撞门。

这时，表姐紧紧张张地带着小马、小不点赶到了。他们打开门时，小红已经晕了过去。小马把她抱到铺上，表姐给好她灌了几口水，几个人轮番叫着她的名字，京京抱着她的头摇，她才渐渐地醒过来。她睁开眼，第一句话还是喊着：老板你还我！

小马立刻明白发生了什么事情。他四下翻了一遍，没找到红夹克，就问小红：老板去哪了？小不点也问：他把你买的夹克拿哪去了？见小红摇头，小马对表姐说，表姐你和小不点在这看着小红，我去找他把红夹克要回来。

表姐不无担心地说，你千万别给他动粗的。毕竟他是个大人你是个孩子，动起手来吃亏的不一定是他。

小马刚要出门，忽然闻到一股子焦皮味。小红也闻到了，惊叫一声，我的红夹克，一骨碌从地上爬起来就向外冲。小马、小不点和表姐跟了出门。果然，门外的地上一团火焰，火中是那件红夹克。"大牙"站在旁边叼着烟头，一脸阴冷的笑，指着小红说，你不是让我还给你吗？你去火里拿呀！

小红的神情从目瞪口呆到大惊失色，又从大惊失色到悲痛欲绝，跪在地上嚎啕大哭。

小马怒不可遏。他见"大牙"脚下有半截砖头，出奇不意地冲过去拣了起来，猛地对着"大牙"头上砸了一下。"大牙"哎哟哎哟叫了两声，朝头上摸了一把，把手掌放在眼皮底下看了看。表姐在一旁叫，出血了。然后从惊恐中回过神来，上前拉住小马的胳膊，夺下了砖头，哀求小马说，小马兄弟你息息怒。你这样会砸死他！

小马手上的砖头没有了，两只脚派上了用场，左一脚右一脚，狠狠地踢了"大牙"几脚，嘴里喊道：孙发才你听好，这是你欺负人的报应。我们几个平时怕你不是因为你是老板，是不给你这种熊人计较！

表姐也冷嘲地对"大牙"说，兄弟，做啥事都得有个底线。

尾声

两天后，小红带着重新买的红夹克登上了回老家方向的火车。

这件新的红夹克，是小马拿砖头逼着"大牙"掏钱买的。不过，小马对"大牙"也作了承诺，答应跟"大牙"再干半年，所有收入统统归"大牙"。"大牙"说，要清查、整治了，我还他妈的不知能不能呆半年。小马说，那你走哪里我都跟你去。再跟你半年，我说到做到！

小马送小红去的车站。到了站台上，小红临上车时，突然想起小

　　　　　救救孩子。

　　马砸"大牙"的事，问他，你怎么知道老板姓啥叫啥还叫出他名字？

　　小马迟疑了一会，痛心地说，他是我亲叔！

　　小红惊讶地张大了嘴巴。

　　小红走的第二天，北京一家报纸的杂文栏目登出作家二月的文章，文中说：

　　……虽然我不清楚这些孩子来自何方，又是因何原因背井离乡，但是看到他们忙忙碌碌，有的还一瘸一拐，一蹦一跳，在车流中穿梭，我想起了鲁迅先生当年在文章中的呐喊，救救孩子。所以，今天我也要高呼：救救孩子！

　　果然如"大牙"所说那样，北沙滩一带拦车乞讨的事引起了有关部门的重视，开始进行严肃治理。"大牙"和"大仙"商量了半天，最后决定挥师南下。小马履行自己对"大牙"的承诺，跟着"大牙"到广州又干了半年。半年之后，他离开了"大牙"。而表姐、小不点在"大牙"南下时就离了队，所以小马离开"大牙"时是孤单一人。

　　奥运会结束第二年的一天，在鸟巢附近一个报亭卖报的小不点，回到家对他媳妇说，表姐，我今天见了个人，长得特像小马。他穿着一件红夹克，戴着墨镜，身边有个漂亮的女人。

　　那个女人是小红吗？表姐急不可耐地问。

　　小不点结结巴巴地说，好像……不是……

原载 《北京文学》2012 年第 2 期

《小说选刊》2012 年第 3 期选载

红宝马

一

无论马永城怎么解释，孙小良死活不相信马永城带他来的地方是北京市区。

咦……你就吃柳条拉粪箕子编吧。这熊地方还不如咱县城的楼多，街道也没咱县城的宽，顶多是北京郊区的小城镇。他颓丧地坐在马路牙子的砖头上，把刚从地上拣的报纸折叠成扇子状，驱赶着四面袭来的热气。

他有理由对马永城发牢骚。马永城是他从小一起长大的小哥们。两人的父母几年前到广州去打工，他们都是跟着爷爷奶奶一起过。上初二那年，马永城的爷爷奶奶去世了。他爸爸妈妈把他带到广州，一打听"借读费"太贵，接受不了，他爸爸就把他送回老家的学校。他和孙小良白天一起上学，晚上一个屋里睡觉，隔三差五地还在孙小良家吃饭。他上到高一就辍学跑到广州打工，被他爸爸赶了回家，在家呆了半年，整天闷得浑身痒痒，于是又瞒着爸爸妈妈跑到了北京，先是在饭店当服务员，一年里换了七、八家饭店，后来才到一家洗车场当了洗车工。他几乎每天都给孙小良通电话劝孙小良来北京。孙小良大学没考上，他爸爸花钱送他到县城一家电脑学校学习电脑刺绣。他对刺绣不感兴趣，倒是喜欢上了画画，有几张速写作品还参加了县里的展览。可是，他这个兴趣只保持了一个学期，新鲜感就过去了，再加上马永城狂轰滥炸似的电话骚扰，就到北京来投靠马永城。没想到，马永城带他到的是北京郊区。他觉得马永城骗了他，心里忿忿不平。

马永城骂孙小良不够哥们。从小到大我什么时候骗过你？这就是北京市区。不光是市区，还是市中心的中心。他拉着孙小良走了一百多米，到了路边有路牌的地方，指着路牌给他说，看到没，西黄城根。

孙小良不屑一顾，咦，咱县城还有个北京路来，那北京就搬咱县城了？狗日的房地产老板更会阙，在我们学校旁边盖了几栋楼，起个名字叫曼哈顿，我和两个哥们晚上把那招牌用牛屎给糊上了。

马永城哈哈大笑，冲孙小良后脑门拍了一耳光，我靠，净你妈吹牛，县城又不养牛哪来的牛屎？说着，对着啤酒瓶子喝了一大口，接着递给孙小良。孙小良摇头，我不喝酒。然后瞪大了眼睛，又说，吹牛不是人养的。到了夜里，有牛车进县城来送东西拉东西，你以为咱那农民家家都有汽车？他四下环顾了一眼，你自己睁大眼睛看看，妈

红宝马

的这一条街上连个吃夜宵的地方也没有。北京市中心会这样吗？

西黄城根街挨着还有一条街，比西黄城根还窄，两边全是低矮的平房，以及一条条小胡同。本来就狭窄的街道，东边一侧全都停着车。这些车停放得很讲究艺术，或者说技术，车头一律冲南，左边两只轮胎停在马路牙子上边，右边两只轮胎停在马路上，形成一个坡度。孙小良笑了。马永城问他笑什么，他说看这些车停的，就像贴饼子。

马永城说，你还挺有想像力，当画家呗！孙小良说，你以为我天生就是笨熊？不是阚你，我真学过画画，素描特棒，不信哪天给你画一张。马永城摇摇头，不要。我怕让我爸看了，我爸还以为画上边的人是他爸呢。

孙小良问马永城：这儿离长安街有多远。马永城说离这儿很近，走过去也就十几分钟。孙小良说你就阚吧。我没来过北京，在电视电影里也常看到。长安街全是高楼大厦，灯火辉煌。你这地方小平房还黑灯瞎火！

马永城显然有些不耐烦了。不给你小子罗嗦了。困了，我得睡觉。明天白天我带你在这附近转转，不用半里地，你就会知道是不是市中心了。你刚才的话要是别人听了，得骂你没文化。西黄城根还不明白，就是过去皇帝住的皇城的墙根。

孙小良呸了一声，还说我没文化。皇帝住的皇城，是皇帝的皇，看看这个，是黄色的黄，相差远了。

马永城瞅了瞅路牌上的字，挠着头皮，不解地说，我靠，怎么是这个黄？是不是写错别字？

孙小良说，那就是错别字。

孙小良一进屋，就感到有一种刺激性很强的气味，他马上捂住了鼻子。

马永城又歪着脑袋围着路牌瞅了一圈，心里有点儿不服气，奶奶个熊，北京人也写错别字？说完，一仰脖子喝了个底朝天，说，睡觉去。我给你接过风了，别不认账。

马永城住的是洗车场老板专门给洗车工租的房子，两间地下室，一间是老板和他媳妇住，一间是马永城和四个男的住。这间"员工"宿舍里放了三张双层床，几乎就没有了空间，其中放在最里边的双层床，要从靠在门口的双人床上爬过去。那张空闲的床上，摆满了老板和马永城他们的乱七八糟的东西，床的下边塞满了平时洗车用的旧毛巾、抹布，还有修车人换下来的旧轮胎、旧椅套、汽油桶等等。孙小良一进屋，就感到有一种刺激性很强的气味，他马上捂住了鼻子。

他的意识还没完全从县城的电脑学校摆脱出来，张口便骂，弄球啥呢，一屋子死人味，也不开窗透透气。

一个睡在上铺的男孩忽地从床上坐起来，伸过头看着孙小良。丫从哪冒上来的？骂谁死人味？

孙小良这才发觉自己刚才说错了话。在县城电脑学校的男生中，他个子最高，身体最壮，力气最大，同班的十几个男生都怵他。他一不高兴想骂谁骂谁。这里不行，他新来乍到不说，老板留不留他还是未知数，他不想也不能惹麻烦，所以没有和那个男孩子搭话。没想到那个男孩子得寸进尺，从上铺跳了下来，虎视眈眈地望着他。他这才注意到，那男孩和他年龄不相上下，个子也和他差不多高，只是比他瘦了一圈。他发现那男孩额头上有条四指长的刀疤，心想，这狗日的不是省油灯。于是冲他笑了笑。

马永城给他们俩相互作了介绍，孙小良，我好同学好朋友。魏宁，我同事，哈尔滨的。

孙小良伸出手，想和魏宁握手。魏宁哼了一声，提了提裤子出去了。不知是故意还是习惯，他的鞋子在水泥地上发出的声音很响，好像不是踏着路面往前走，而是踢着路面故意弄出动静。孙小良觉得他是在对自己发泄不满，冲着门外扬了扬拳头。马永城拨拉了他一下，弄啥呢？这是北京。再说，咱以后是同事，同事间要和谐相处，和谐共事。老板经常这样说。

孙小良反问，你是不是常受他们欺负？

马永城指了指旁边的两个上铺，意思是告诉孙小良床上有人，让他说话注意。孙小良也不想一来就惹火烧身，就没再往下说。因为是大热天，他来时没带多少行李，包里就装了两件衣服。好在马永城已经给他准备好了，床上铺了凉席，还买了条新毛巾被。孙小良问马永城在哪里刷牙洗脸，马永城一边说你小子还挺讲究，一边带他出了门。

这个地下室规模不大，不过有两层，他们住的是地下一层。每层20多间房子，中间有一个卫生间。孙小良见卫生间的门上了锁，心里又不高兴了，什么球地方，还锁着。

马永城在前边带路，头也不回地说，打从我住进来，就没见这门开过。地1地2合用地2一个卫生间，节约！

孙小良说，城里人就他妈抠门。

这时已是夜间12点多，不少房间的门还开着，灯却关上了。马永城告诉孙小良，地下室虽然冬暖夏凉，但是潮湿，屋里气味不好闻，所以人们才开着门睡觉。有几个房间还亮着灯，门口挂了道花布帘子，从门口过时能闻到淡淡的化妆品气味，不用猜就知道是女孩子住的房间。孙小良问马永城，洗车场还有女的呀？马永城说过去有一女的，跟了老板后就不干洗车的活了。你小子还那么花啊？见孙小良的眼睛老是瞅挂花布帘子的房间，又说，这里住的人很杂，有咱旁边饭店的服务员，有小卖部老板的亲戚，有美容美发店的，有在歌厅坐台的小姐，还有两个大学生……

孙小良的鼻子哧哼一下，又阙吧！大学生住你这破地方？

马永城信誓旦旦地说，骗你是孙子。又说，你以为大学生都住五星级宾馆？

孙小良说，人家不住宾馆也有宿舍住。再说了，大学生还得上课……马永城不等他说完，贴着他的耳朵说那两个大学生已经毕业了，还没找到工作。

孙小良噢了一声，是北漂，怪不得。

马永城突然停住了，两眼直瞪着从他们面前一间房子里跑出来的女孩。孙小良也看见了那个女孩。她穿着一件透明的白色睡裙，里边紧绑着屁股的红色三角裤衩清晰地暴露在他俩眼前。那个女孩很慌张，低着头，一路小跑进了卫生间。接着，卫生间里响起一阵犹如排山倒海般的呕吐声。

马永城和孙小良相互看了一眼。

这个地下室的卫生间面积十分狭小，外边是大约四五平方米的洗漱间，里边有两扇门，按照男左女右的传统分别写着男、女。女卫生间的呕吐声响起后，男卫生间的门开了一条缝，魏宁从里边探出半个脑袋。当他的目光与马永城的目光相遇时，显得有点不好意思，问，是秋秋吧？

马永城点点头。

孙小良边刷牙边从墙上的镜子向女卫生间那边看，心里却在想着那个叫秋秋的女孩。她怎么了，是喝多了酒还是吃坏了肚子？半夜三更又是吐又是泻，也不嫌丢人现眼。

魏宁从卫生间出来了。他走到洗手池前，旁若无人地伸出双手。孙小良看出他想洗手，就向旁边闪了闪。魏宁却不急不忙，打开水笼头后，两只手反反复复地搓着。孙小良想去漱口，他纹丝不动，仿佛没看到孙小良的存在。孙小良冲着镜子看了一眼，发现他的两眼在镜子上盯着女卫生间的门，像是凝固了一样。孙小良想发火，想想又忍住了。他自己心里也在想着等那个女孩出来，好好看她一眼。

大约过了两分钟，女卫生间的门开了。那个叫秋秋的女孩身子摇晃着走了出来。魏宁动作非常麻利地关上水笼头，等秋秋走到水池前时，又把水笼头打开，讨好地说了一句，秋秋，你先用。

秋秋好像没听见魏宁的话，又好像没看见魏宁和孙小良、马永城。她低下头，对着水笼头冲了一下脸，然后接了一口水，仰起脖子，让水进到喉咙里咕嘟了几下，又低下头吐了出来。这样反复了几遍之后，她才对着镜子整理了一下头发，也就是此刻，她才发现魏宁和孙小良一左一右站在她旁边看着她，马永城也在门口看着她。她看了一眼镜子里的自己，由于没有戴乳罩，透明的白睡衣根本遮挡不住两只硕大的乳房对外展示的姿态，尤其是两只樱桃般大的粉红的乳头，好像要钻出来……她大叫一声，推开孙小良跑了出去。

孙小良确实看呆了。他长到16岁，今天晚上是第一次面对面地看见女孩子的乳房。他上初二那年，和同班一个女孩恋爱了一段时间，

就在这时，那个叫秋秋的女孩的屋子里传来一
个男人的咳嗽声。

身子搂过，嘴也亲过，手也不老实地伸到那个女孩的胸前摸过，但那
女孩就是不让他解她的衣服看。再说，那女孩的乳房像只桃子那么小，
根本不能和秋秋的乳房比……

　　你怎么这个时候带他来？魏宁训斥马永城的话，打断了孙小良的
想入非非。魏宁一副气急败坏的样子，恶狠狠地瞪着他。你再刷八百
遍，嘴里的红芋干子味也刷不干净！

　　这话是损人的，孙小良心里很清楚。他想还击魏宁，马永城用目
光制止了他。马永城还用手指了指他的下身。他低头一看，脸腾地一
下红了。不过，他看见魏宁和马永城也与他一样，下身那个部位的裤
子仿佛撑起了伞。就在这时，那个叫秋秋的女孩的屋子里传来一个男
人的咳嗽声。他们三人的目光不约而同地向那边看去。孙小良看见魏
宁的眼珠子变红了。

　　这天夜里，不知是情绪激动，还是换了地方不易安睡，孙小良整
整一夜没有入眠。秋秋的两只乳房不时在他脑海里晃动……第二天一
早，他发觉自己夜里又"跑马"了。

二

　　你真想在我这洗车场干？老板朱水问孙小良。他手里拿着孙小良
的身份证，看了正面看反面，看了反面又看正面。

　　孙小良想，啼，你到底识不识字？嘴上却说，想，想。他心里想
得只有他自己清楚。这时候，马永城还没带他去周边转，他也不清楚
这个西黄城根是不是北京市中心。他之所以已经下定决心在这个洗车
场干，是想认识秋秋。妈的，这话能告诉老板吗？连马永城也不能说。

孙大良！朱水大声喊了一句。

孙小良条件反射似地猛回过头。当他发现上当了，再回头看朱水，朱水奇形怪状地笑着，目光咄咄逼人。他扔掉手中的烟屁股，从破旧的椅子上站起来，魏宁从三、四米外慌忙跑了两步，上前扶了朱水一把，然后把一根足足有三米长的竹杆递给朱水。孙小良这才发现，朱水是个跛子。

朱水说，我怎么看你也没有19岁。这个叫孙大良的是你哥哥吧？

孙小良知道瞒不过去了，不好意思地点点头，说，朱经理，我，我的身份证丢了，还没来得及补办……

魏宁瞪着眼，说，叫老板！

孙小良又叫了一句：老板！心想，嘻，经理和老板的称呼有啥区别，故弄玄虚！

朱水用手中的竹杆捣着地，说，你丫别跟我装。我不管你多大，你干活我给你工钱。不过，老子得有言在先，万一检查的来了，问到你年龄，你丫别弄砸了，让我被罚款、关门。到那时，老子给你放血。

孙小良又连忙点头，不会的，不会的。打死我，我也叫孙大良，狗日的到哪儿查去？嘿嘿……

擦车去吧！身份证放我这儿。朱水说，接着指了指马永城和魏宁，他们的身份证都在我这存着。这是北京的规矩。

孙小良在北京的打工生活正式开始了。

这时候是北京的早晨六点钟，街上已经车水马龙。孙小良留下来打工的洗车场，说白了就是一间房子那么大，过去是用来做商铺的门面，前后都打通了，里边恰好可以停下一辆车子，如果司机是个新手，经验不足，或者稍不留心，就可能让车和墙上的砖头亲嘴，碰个鼻青脸肿。车子从西门进入洗车房，两个洗车工一个用塑料水管把车四周冲一遍，另一个用海绵给车身涂上泡沫很大的清洗剂，然后，再用水冲一遍，司机就把车从东门开出来，停在马路边上，其他几个人一拥而上，拿着抹布，分前后左右擦车。这活儿没有技术含量，根本不用学。孙小良拿了块抹布就跟着干了起来。让他不明白的是，一大早怎么会有那么多洗车的，一辆跟着一辆，络绎不绝，路边还排了十几辆等候的车。有的司机脾气暴躁，不停地摁着喇叭。

孙小良擦车擦得很仔细，连轮胎花纹里都擦了。他觉得车擦得干净，朱水老板会高兴，就不会再有让他走的想法。没想到，他还在擦着一辆白车，其他人拥过去擦一辆刚从洗车房里出来的黑车了，等到他再去擦那辆黑车时，其他人又去擦一辆红车了。擦到第三辆车时，马永城悄悄对他说，你别那么认真，再挪腾，老板就不高兴了。他想问为什么，马永城没容他开口。

那个叫魏宁的不时用敌视的目光看孙小良，让孙小良觉得很不舒服。狗日的，老子哪天非得好好教训你不可！

虽然擦车的活儿不用学，但要认认真真地干还真累。孙小良擦到第五辆车时，身上就出汗了，汗水顺着脖子往下流，流了一身，一直没有闲着的右胳膊，也有点儿不像开始那样听使唤。他直起腰看了一眼，发现排队的还有十几辆车。我的妈来，擦一辆车收 10 元钱，这一早就几十辆车，那不得挣几百元钱？老板能给我多少钱？对了，马永城过去在电话中说过，昨晚又说了一遍，管吃管住每月再发 300 元钱工资。300 元不少了。他在县城上学，爷爷每月才给他 20 元零花钱，后来，他以不上学了要挟，才给他又增加了 10 元。

马永城碰了碰孙小良的肩膀，唏，你小子想啥子呢？要是累了就歇会儿喘口气，老板回地下室吃饭去了。

歇着喘口气，活谁干？孙小良问。

马永城说，活还得你自己干，你边干边歇边喘口气。你看看我，学着点。马永城边说边拧着毛巾。他根本就没有用力，拧了几把才拧出几滴水。孙小良想这不就是老家人常说的"磨洋工"？再说，就这屁大功夫能歇过来？他四下看了一眼，见魏宁在一旁玩手机，皱了皱眉头，说，这狗日的咋那么轻闲。

马永城对他说，忘了告诉你，魏宁是朱水的准小舅子。见孙小良一头雾水的样子，他骂了一句装孙子。这还不懂呀？魏宁的姐是朱水的老婆！孙小良说这谁不懂，既然他姐是朱老板的老婆，他就是朱老板的小舅子，怎么还加个准字？马永城眼睛盯着其他几个人，压低声音说，他姐是和朱水睡了几年，还生了孩子，但是没结婚，不算正式老婆。孙小良眨巴眨巴眼皮，朱老板是不是还有真老婆？

马永城笑了，你小子还那么聪明。

正说着，一辆黑色轿车开了过来。开车的是个胖子，40 多岁，戴着一副墨镜。魏宁看见他，颠颠地跑上前，笑容可掬地说了几句什么，接着打开洗车房旁边的车棚，指挥着胖子把车开进棚里，然后推出一辆旧自行车交给胖子。胖子拿了一个白色塑料袋子交给魏宁，又在魏宁耳朵边嘀咕了几句。魏宁不住地点头。然后，胖子骑上自行车走了。孙小良不解地睁大了眼睛，这人咋恁怪呢？明明有车不开换辆破自行车骑？

　　马永城说，这你就不懂了。胖子是公务员，在东边那条街上的一个大机关上班。你看他的车，好几十万，赶上部长的车了。他要开个好车去单位，让领导和同事看见了还不琢磨狗日的哪来的钱？公务员抽包好烟都被举报，何况开好车。

　　孙小良还是不明白，那又咋啦？公务员是做啥的？马永城认认真地真看了他一眼，你小子是真不懂还是假装？公务员就是干部，国家公务员就是国家干部。孙小良说，哪像咱不是干部的就是母务员啦？咱都是母务员？摇摇头，又说，不懂，真不懂！

　　不一会功夫，马永城就教会孙小良认识了奥迪、宝马、帕萨特、沃而沃、尼桑、丰田、本田、现代等十几种车。孙小良十分惊讶，我靠，怎么都是外国牌子，咱中国不产汽车呀？

　　马永城轻蔑地看了孙小良一眼，这些车好多是咱中国生产的。

　　孙小良摇头，你小子阙人，中国生产的怎么是外国车名？马永城不说话了，因为他解释不清孙小良的问题。

　　洗车是个累人的活，也是个磨人的活，从早上开工就一直没有闲空。马永城告诉孙小良，在这方圆几条街上，就他们这一家洗车场。西黄城根从南街到北街，不是机关就是学校，再不然是商铺；往北一条东西街不是大机关、就是大医院、大宾馆，没地建洗车场，再说了，这里是市中心，市中心寸土寸金，能让你建洗车场？

　　孙小良认为马永城是吹牛皮，那咱这洗车场是咋建的？

　　马永城让孙小良上车，自己也上了车。他一边用毛巾示范着教孙小良如何擦车的内部，一边低声对孙小良说，朱水有个表哥是这街上的什么头儿，和早上来换自行车的胖子关系倍铁。要不是胖子罩着他表哥，他表哥罩着他，他还开洗车场，洗头房都开不了。

孙小良呸了一口，我靠，这也得有关系？

马永城瞪了他一眼，没关系你能办成啥事？

九点过后，洗车的才渐渐稀少。马永城告诉孙小良这洗车是个阶段性的活儿，符合北京上班的特点。北京上班的时间是分时制，机关单位的八点钟上班，企业单位的九点钟上班，老板是啥时候睡醒了啥时候上班。过了九点钟，都在上班，洗车的多数是那些老板、白领。

孙小良问：啥叫白领？

马永城蔑视地瞅了他一眼，说啥你都不懂！

魏宁一手拎着铁皮壶，一手拎着塑料袋从地下室上来，喊着：吃食了，吃食了。

这家洗车场就那间洗车用的房子，前后都是马路，擦车的时候在路边，所以，吃饭也就在路边，没有桌子，没有凳子，七八个人蹲在地上，围成个小圈，一张报纸铺在地上就算是他们的餐桌。魏宁在报纸上放了一盘炒尖椒土豆丝，两个小罐头瓶，一瓶是辣椒酱，一瓶是榨菜，给他们每人发了两个馒头，一只小碗。孙小良皱了皱眉头，心想：在北京打工就吃这玩艺啊？还不如在老家的学校吃得好呢！学校食堂也会做一大锅汤让大家喝，尽管勺子在汤里扎几个猛子捞不着菜叶，毕竟还有点咸味。不过，这是他心里想的，没有说出来。他告诉自己，他们能吃我也能吃，你又不是跑北京来吃喝的。他挟了一口土豆丝放到嘴里，还没来得及咀嚼就辣得舌头根疼，咳嗽了几声，眼泪也差点儿流出来。抬头一看，对面超市里一个女孩正冲他笑。因为距离很近，那个女孩的眉毛看得一清二楚。她大概六、七岁，长着一张苹果型的脸，皮肤白净，眼睛很大，扑闪扑闪的像会说话。孙小良一下就看出那个女孩是在笑他怕辣。他不好意思地冲那女孩笑了笑，朝嘴里塞了口馒头，想化解一下辣味。接着，他从裤袋里掏出一只纸叠的小兔子，冲那个女孩挥动了几下。他上小学时，老师教过他和同学用纸叠小动物，后来他在县城学画画，对各种动物有了初步研究，他能用纸叠出十多种小动物。他最喜欢兔子，裤袋里常常放着一两只。

孙小良又问马永城：对门的美容美发店怎么还没开门。

马永城说，人家这店是上夜班的。忽然想起了什么，眼睛盯着孙小良问：你是不是想秋秋了？秋秋可是有主的人，魏宁想她想得快疯了都不敢胡来。

孙小良想北京真他妈的深奥、神秘。

马永城掏出中南海牌子的烟，点上火，把烟盒递给孙小良。孙小良抽出一看，和马永城抽得不是一个牌子，再抽出几支，牌子全都不同，五花八门，还有抽了一半的烟头。他说，你这是抽百家烟呀？马永城不以为然，让我买烟抽能抽起？有的是来洗车的熟人给的，有的是客户抽了一半，或者刚点着火，车洗好了，就把没抽完的给咱。孙小良问你啥时候学会的抽烟？马永城说，抽两年了，老烟民！孙小良说，你一月就这点工钱，又喝酒又抽烟，八年也攒不着钱。

马永城说你喝酒不？

孙小良摇头。

马永城说，你不抽烟不喝酒又没谈女朋友，活得有啥滋味。攒钱干啥用？买官，你一辈子打工钱也买不了个公务员；买房，不要说北京，就在咱县城你也得打五十年工才能买得起；娶媳妇，谁嫁你一个打工的？我反正是想好了，过一天是一天，今日有酒今日醉！

孙小良心思重重地低下头。

干活了！魏宁突然在孙小良背后大声喊了一句。

孙小良回头一看，来了一辆红色轿车。隔着车窗玻璃，他看见开车的是一个女人。那女人戴着墨镜，所以看不清长得模样。但从她高鼻梁、白皮肤、月牙儿似的嘴唇看得出是个美人。魏宁对孙小良说，小河北拉屎去了，你进去先帮着冲车。孙小良丝毫没有犹豫，把剩下的半个馒头朝马永城手里一塞，就摸起了水笼头。

这辆红色轿车形状很美，线条也很美。孙小良是个车盲，也不叫车盲，是他见得车太少。所以，他不知道这辆红色轿车是什么牌子，只是凭感觉是辆好车。洗车的时候，开车的人只是熄火不下车。他眼珠儿滚来滚去地朝车里看，直到那个负责给车涂清洗剂的男孩喊了两声，又给他摆手，他才停下来。

车子冲洗好，他没等魏宁叫又主动上前擦车。这时，开车的女人下车了。魏宁忙着跑过来，把一只白色塑料袋给了那个女人，又附在那个女人耳边嘀咕了几句。那个女人笑着拍了拍魏宁的肩膀。孙小良想，要是这美女拍我肩膀多舒服啊？

那个女人刚要上车时，突然皱了皱眉头，摘下墨镜，上上下下看了看孙小良，你怎么冲得车，轮胎上的浮土都没冲净？

孙小良眨巴眨巴眼睛，有吗？他看了那个女车主一眼。她看上去比秋秋大四五岁，由于皮肤白，人就像是雪雕成的，眼睛不光圆，而且显得很大方，很大气。尤其让他惊讶的是那个女人个子竟然高出他半头，他看她时必须仰起头来。

那个女车主显然很不高兴，什么叫有吗？你的眼睛不近视吧？

孙小良摇摇头，接着按照那个女车主手指的方向看了看，前轮右边的轮胎上的浮土被水浸过，已经变得黑不溜秋，仿佛套了一个黑圈。他有点不好意思，一边用毛巾去擦，一边对女车主说对不起。女车主看见魏宁过来了，又冲魏宁发了火，这是你们新招的吧？也不培训就让上岗。看看这活叫人干得活吗？！

孙小良一下子直起腰，恶狠狠地瞪着那个女车主，唏……这位大姨怎么骂人呢？不是人干得活还能是……他故意称她大姨，漂亮女人最怕别人说自己长得老。他还生气地把毛巾朝地下一摔。湿毛巾摔在地上，有几滴水珠迸到那个女人的裤角上。那个女人火了，你个小盲流，还撒野是不？

孙小良瞪了她一眼，正要和她理论。马永城推了他一下，你想屎壳郎搬家滚蛋啊？转身又冲那个女车主陪着笑脸，马姐，他新来的，我老乡，别给他一般见识。

那个女车主没搭理马永城，发动车后又打开车窗玻璃，对魏宁说，今天这次洗车钱不能从我卡里扣。车开出几米远她又探出头说，让你们老板快把那个小盲流赶回乡下吧！

孙小良恼羞成怒，骂着那个女车主，一直追了几十米远。他说有种你停下车，看我不把你的车给砸了！

魏宁等孙小良气喘吁吁地回来，开门见山地告诉他，孙小良你今天的工资扣了。

凭啥？孙小良瞪着魏宁。

魏宁说就凭你干活脑子开小差，光想看美女。结果呢，结果活没干好，让客人不满意。结果你又和客人骂架，结果客人生气不愿付钱……

孙小良说，别给我整那些破词，什么结果不结果。说完，就不再搭理魏宁，从马永城手里接过自己刚才没吃完的半块馒头塞到嘴里，然后又对着水笼头去洗手。魏宁把水笼头关上了，指着旁边的一个脸盆，盆里有洗手水，到盆里洗去。你以为是在你们家，用水不花钱。

那个洗脸盆的水是早上就开始用的，擦完一辆车，稍微歇息的时候，大伙都去洗手，吃饭前，大伙又都去洗手，有的人去厕所前和从厕所回来，也用洗脸盆里的水洗手，盆里的水早已变得混沌不堪，成一盆污水了。孙小良想拿馒头吃，用这种水洗手还不如不洗。他正要发火，马永城拿了条干净毛巾给他，行了吧你，别给自己找事了。

孙小良第一天上班就被人骂，又被扣了一天的工资，心里很不舒服。他问马永城那女人开得什么车？马永城告诉他是跑车，叫宝马。宝马的车名孙小良听过，我靠，那不得十几万？那女人那么有钱？马永城踢了他一脚，什么屌眼光。这车最少五十万以上。那女人我认识，天天来洗车，是咱的金卡客户。

洗车还分金卡银卡？孙小良不解。

马永城说，干什么不分等级。金银卡和普通卡、临时洗车的也是等级。咱这的金卡一张两千元，什么时候来洗车不用排队，也不用付现金，连卡也不要出示。

孙小良才恍然大悟。我靠，还那么多门道！他想了想，又问，那个胖公务员不是给魏宁一只白塑料袋子吗，里边好像很沉。怎么魏宁给红宝马了？

马永城像个狡猾的成年人一样挤巴挤巴眼皮，低声说，回头给你说。北京这地方水深，你就认我师傅慢慢学吧。接着又开了句玩笑，我不收你学费，但你得请我喝啤酒！

正说着，孙小良感觉有人在背后扯他衣服，回头一看，是对面超市那个小女孩。他亲切地摸了摸那女孩子的头。小妹妹，有啥事？小女孩没回答，拉着他的衣角向对面走。到了马路中间，小女孩扯着他的衣角停下来，他转头一看，北边过来一辆车，小女孩是暗示他让车先过去。他弯腰把小女孩抱起来。

三

说是超市实际是个小铺面。房子很低，又很狭小，最多也就十来个平米。前边是一张柜台，后边是两组货架，上边摆满了各种各样的货物，有食品、有烟酒、有文具、有保健用品……让孙小良想不到的是竟然还有性生活用品像伟哥、避孕套等等。听见小女孩叫爸爸，从柜台下面突然露出一个大脑袋，让孙小良着实吓了一跳。那人平头，宽脸，横眉竖眼，不过笑起来倒显得很随和。他问孙小良，你新来的？

孙小良点点头。

那娘们欺负你啦？

孙小良没说话。不过他的余怒未消的眼神，让柜台里那个男人捕捉到了。于是，重重地拍了下台面。我靠，老子最瞧不起她那种给当官的做小蜜还不知羞耻，趾高气扬的女人。

孙小良说，我也瞧不起。

柜台里那个男人伸出手，拉了拉孙小良的手，然后自我介绍说我

红宝马

姓孙，你以后就叫我孙哥。小马小魏还有你们朱老板都这样叫我。你要不高兴叫我孙瘸子也行！

孙小良这才注意到柜台里边那个男人坐在轮椅上。他不好意思地把身子向前探了探，重又和孙瘸子握了握手。孙哥我也姓孙。说不定五代之前咱还是一个爷爷的。这话是他听他爸爸和姓孙的人套近乎时说过，他记下了，没想到用上了派场。孙瘸子一听，马上容光焕发。兄弟，你哥虽然腿脚不便，在西黄城根这街上也算老户了。谁要敢欺负你，你给哥说，哥给你摆平。说着说着就掏烟，孙小良说不抽。他说不抽好。别学小马小魏，挣两个花仨个。爹娘让你们这么小出来打工为啥，不就家里穷嘛。牙缝里省点钱，一点一点地攒呗，以后回家娶媳妇不用爹娘再从地里刨钱。

孙瘸子的话让孙小良很感动也很不安。他想起自己背着爸爸妈妈跑到北京，还没顾上给他们打个电话，他们现在一定很焦急。他看柜台上有部电话，上边贴着纸条，写着长途电话收费标准。可是，自己腰包里没钱，沮丧地低下了头。

孙瘸子看出他的心思，问你是不是想打电话。你要打电话就打吧。没带钱没关系，先记着账。我还怕你为躲几块钱的电话费逃之夭夭？他把夭夭读成天天，孙小良心想，北京人也念大白话呀？嘴上却说没事，我想给我爸妈打个电话。不过他们这时候在上班，不方便接。

那个小女孩特机灵，在孙瘸子和孙小良说着打电话的时候，她已经把电话听筒拿起来，递到孙小良手里。孙小良亲切地摸摸她的脸，从裤袋里掏出一个纸叠的小兔子，在她眼前晃了晃，告诉叔叔你叫什么名字。

看得出小女孩想要纸叠的兔子，但是又有点羞怯。她说我叫京京，北京的京。孙小良把纸叠的兔子放在她手上，你要是喜欢小动物，叔叔以后天天送你！

京京把纸叠的兔子放在台面上，跑，跑！小兔子快跑。可是，小兔子动也没动。孙小良抓住她的手，放在纸叠的小兔子后边，在台面上拍了一下，纸叠的小兔子往前挪了一点，又拍一下，又挪了一点。京京高兴地哈哈大笑。孙瘸子受了女儿的感染，也放声笑了起来。

遇到什么喜事了这么高兴啊？身后响起一个女孩子银铃般的声音。孙小良还没来得及回头，孙瘸子已经和那女孩搭话了。秋秋啊，今天起得这么早？说着转身从柜台上取东西。孙小良一听秋秋的名字，赶忙转过身。店里的空间太小，他转身过猛，和秋秋几乎来了个脸碰脸。他转身时胳膊肘儿碰了一下秋秋的手，秋秋手中的饭盒哐当一声掉在地上。他正要弯腰去拣，魏宁不知怎么突然冒了出来，抢着把饭盒拣起来，双手递给秋秋，又瞪了他一眼。孙小良你咋不干活去，在这儿呆着躲滑啊？小心我炒你鱿鱼！

孙瘸子已经从柜台上拿了牛奶递给秋秋。他拍了一下台面，指着魏宁骂道，你丫本事挺大啊。你炒我兄弟看看！

孙小良也不服，说，唏，算你管！

魏宁和秋秋同时把目光转到孙小良身上。他们可能都没想到孙小良会和孙瘸子这么熟悉。事后魏宁对马永城说，我早看出孙小良不是个常人。狗日的就一棵烟功夫，和咱对门的孙瘸子套上了亲戚，我朱哥本来想开他的，想想犯不着得罪孙瘸子，没敢。

秋秋先打破了僵局。她让孙瘸子再给她拿包牛奶，然后吻了一下京京。孙哥我有事先走了。出了门，她又回头看了孙小良一眼，冲他笑了笑，你也河南的？见孙小良点点头，又说，咱老乡。你小时候肯定吃化肥了，个子咋长这么高？

孙小良说是吃化肥，我妈烧稀饭都放化肥。

秋秋临出门说，你还挺逗。

孙小良的眼睛都直了。这个秋秋与昨天夜里见到过的秋秋判若两人。这个秋秋穿着一件大红短袖衫，紧巴巴地裹着身子，把整个人衬托得非常俏丽，尤其是胸前的部位显得更加丰满、迷人。她也许是为了凉快，把头发高高挽在脑后，细长的脖颈洁白如雪。而且，这个秋秋好像一夜之间长高了。

京京不知为什么也踢了魏宁一脚，指着孙小良对魏宁说，我不让你欺负孙叔叔！

魏宁闹了个大红脸。本来，他一直在盯着地下室的出口。他已经熟悉了秋秋的生活习惯，这个时间段是秋秋到孙瘸子的店里买牛奶面包的时候。他见秋秋出来了，赶忙往孙瘸子的店里跑，差点儿被一辆从南向北行驶的轿车撞上。他故意当着秋秋的面训斥孙小良，是想在她面前显摆一下自己在洗车场的地位比孙小良高，不料却挨了孙瘸子的臭骂。他见京京手里拿着纸叠的兔子，猜出是孙小良送给她的，于是掏出五毛钱买了块巧克力。他掰一半放进嘴里，把另一半递给京京。来，京京，魏叔叔请你吃巧克力，把那个小兔子扔了，脏！

京京摇头，笑咪咪地看着孙小良。我妈说小孩子吃甜的多了不长牙。孙瘸子说，小魏宁你也别整天介地对小弟兄们张牙舞爪。你们都是来北京打工的，一样不容易。

魏宁连连点头说是，又问，孙哥，秋秋怎么买三袋牛奶？

孙瘸子说我早猜出你小子会问这个事。他接过魏宁递给他的烟，点上火抽了两口，又说你不是很聪明，这还看不出来？秋秋和住你们地下室的那个南方人的大学生好上了。

魏宁挠着头说不会吧？那孙子到现在结果，结果还没找着工作。

孙瘸子说没找着工作他也是大学生。你没看这两天秋秋起得比过去早，吃了饭就往外跑。她是到处在帮那个男孩找工作！

魏宁又问，秋秋是不是欠你店里的钱？我看她没付现金，你给她记着账。

孙瘸子没回答，叹口气说，是个好孩子，好孩子。老天爷不公，世道不平，这样的好女孩偏偏没个好。

魏宁刚骂了一个傻字就住了口。他好像很失望，也很伤心，搭着孙小良的肩膀走出了孙瘸子的店，讽刺孙小良，我靠，你小子长个大个子就是好，少女杀手啊！秋秋第一次见你就对你眉来眼去，对你说得话从来没对我说过。

一辆轿车从北向南驶过来，幸亏孙小良敏捷，喊了一声看车，拉魏宁停下脚步，不然就让车子撞上了。从那到中午，魏宁一直快快不乐。当然也没再对孙小良他们指手画脚。

中午过后一段时间是洗车场比较清闲的时候。马永城给孙小良三言两语的解释是，下班后天就快黑了，谁把车洗那么干净做啥？再说如果不是放在车库而是停在马路边的车，一夜过后又脏了。北京的夜晚老天爷不休息，还朝地上拉脏东西。

不过还是有车来，三三两两，稀稀拉拉。这些下午来洗的车大多是机关的车，因为领导晚上有活动，必须把车洗干净。孙小良由此明白了一点，当领导的忙。

洗车场除了洗车，还经营给汽车补气、补胎、美容，以及卖些汽车用品如座垫、座套等等生意。让孙小良想不到也弄不明白的，魏宁还管着给一些司机往车上装矿泉水、啤酒。一装就是一箱两箱。当然也不全是矿泉水、啤酒，还有方便面、卫生纸、小食品等等。一个开黑色奥迪、称马永城"小老乡"的黑脸，车上坐着个七八岁的小孩。那小孩自己跑到魏宁管的小屋子里拿了一瓶红牛和一包牛肉干，就像自己家里一样大大方方。不过，孙小良见魏宁对黑脸不像其他司机那样热情，还有点爱理不理。他见马永城在摆弄三轮车，就没再上前找他打听。

马永城给三轮车打足了气，正要走时，魏宁喊孙小良，你和马永城一块去拉趟货。孙小良正想找机会四下转转，高兴地一屁股坐到三轮车上。没想到马永城一拐弯，他的身体失去平衡，向后一仰，倒在车里，头碰得咕嘟响了一声。魏宁看了哈哈大笑，你丫连车也坐不稳还出来打工？

马永城一边蹬着三轮车，一边给孙小良介绍。看见了吧，这是咱住的地方。别看地上小楼只有四层，过去是个大部，部长就在二楼办公。现在让部里一个管房子的人的亲戚把小楼包了，刷了层白灰，就成了写字楼，对外每间每月租1500元，一层20间，四层80间，一个月12万，一年144万。他只给部里交40万，剩下的全让那个管房子的和他亲戚分了。

孙小良"噢"了一声。

马永城说，这还不算地下室出租的收入。咱那一间地下室，每个月租金 300，两层 40 间，一个月就一万二，一年又收十多万。

孙小良又"噢"了一声。

马永城骂他死猪，就会"噢"、"噢"喘粗气。孙小良不服地说，你说这些我又不知道，也听不懂，你让我说啥子？

这时，他们到了一个十字路口，交通信号灯亮了红色。马永城用脚踩了刹车。他指着右边三、四百米外的一道红墙对孙小良说，看到了没，那边过去就是故宫。故宫你知道吧，就是皇帝住的地方。咱这为啥叫西黄城根，就是皇城的西墙根。

孙小良向马永城手指的方向认真地看了一眼。果然，那道墙是红色的，而且很高大，很气派。他心想这可能就是书上说的红墙吧？他有点相信马永城的话了。他这时忽然又想到那个开红宝马车的女人，问：那个开红宝马的天天会来吗？

马永城说下午就来，你干嘛？还想找骂？我警告你，那女人姓马，我本家子。那个黑轿车的胖子记得不，就是她老公。

孙小良说，你又阙吧？那个男的当她爹还差不多。

马永城说，唏，你眼光还挺贼。那男的要不是因为她年轻，能和她相好，在她身上花那么多钱。你惹不起她。她再来，你就管她叫马姐，别红宝马红宝马的叫。朱老板听了也不高兴。

接着，马永城告诉孙小良，开红宝马的那个女人就在附近上班，至于具体哪个单位他不知道。去年，她开的还是一辆红捷达车，又旧又破，也从来没到洗车场洗过车。有一天傍晚下大雨，下大雨前先黑天。马永城比划着说，那天黑得，唏，就跟咱家锅底朝下盖过来。胖子正在倒车，只听砰嚓一声响……

怎么啦？孙小良着急地问。

马永城说，咱们的人当时都躲在洗车屋里躲雨，就我躲在孙瘸子家，正好模模糊糊能看见马路上发生的事。

孙小良又问了一句：怎么啦？

马永城不紧不慢地说，撞车了呗。

孙小良问：谁撞了谁？

马永城说：肯定是胖子，这还用问。

孙小良咧了咧嘴，唏，你唱大鼓书呢，一回接一回。你要不说，我不听了。听你说话真急死人。

马永城这才挠了挠头皮，说，是一辆红捷达撞上一辆黑奥迪了。

孙小良不假思索，说，那就是女的撞着男的了呗。

马永城说，我靠，你小子脑子就是好使，就那么回事。他两个人都下了车。当时，那雨哗哗地像从天上流下的瀑布。孙瘸子说有好戏看了。结果，不到半分钟，那个女的就上了胖子的车。两人不知在车上说了些什么，胖子下来把捷达车开到路边，然后，开着奥迪走了。

孙小良问：那个女的跟胖子走了？

马永城说，我说那个女的下车了吗？后来，两个人好上了；再后来……他点了一支烟，深深地抽了一口。

再后来那个女的红捷达换成了红宝马，对吧？

马永城吐了个烟圈，说，咱没泡过女人，不懂，真不懂。

孙小良呸了一口，唏，我还以为她多有本事，自己挣钱买得宝马呢？原来……唏！

马永城说，我说过了，你千万别惹红宝马。

孙小良说，谁想惹火烧身？咱见得有钱人多了，也不是个个烦都恨。不惹咱，咱也不想惹她。可她惹了咱，咱也得惹她，对不？

马永城说，不对。他惹你，你也不能惹他！

孙小良看了看天空，没再说话。他心里有自己的主意。

果然，下午五点半的时候，红宝马来洗车了。孙小良一看见她，气就涌上心头。他想整治整治红宝马，一时间又想不到办法。你总不敢当面搬起石头砸她的车吧？那是犯法的事，就算不让你蹲大牢，让你赔款你也赔不起。

太阳已经转到了西半天，洗车场门前是南北向马路，太阳转到西边时路东晒太阳，而且越到这个时候阳光越毒辣。因此孙瘸子他们把麻将摊挪到了路西，正挨着洗车场。宝马车从里边开出时，京京正在门前经过，幸亏女车主刹车及时，才没撞着她。孙瘸子不愿意了，一边怒气冲冲地骂，你眼跟电灯泡那么大，是用来当摆设啊？一边把刚摸到手的一张牌朝宝马车掷去。

孙小良本来是扑过去抱京京，看着孙瘸子扔牌，一伸手接住了。没想到红宝马的女车主气势汹汹地下了车，冲着他发了火：又是你个小盲流捣蛋！早上你不好好洗车，这会儿又拦车，我的车跟你有仇咋的？我告诉你，你一烂命不值我一车轮子钱。

孙小良张着大嘴，我，我，我了几声，下边的话没骂出来。他看见朱水手中长长的竹杆已横到他眼前。

孙瘸子不乐意了。他夺过朱水手中的竹杆想砸宝马车，被朱水给挡住了。孙瘸子又拍着桌子骂那个女车主，你丫要什么威风？这里是皇城根，皇城根的人不买你那一套。他说着，移动轮椅就向红宝马冲过来。朱水说，孙哥这事与你没关系。来，咱打牌！接着对魏宁挤了挤眼睛。魏宁连推带拥把孙小良拉到一边。你个熊羔子不想干了？你不想干别把我们扯进来。

孙小良的目光恶狠狠地盯着开红宝马的女人。他看见那个女人对孙瘸子指指点点，然后用手机打电话，她用的手机也是红色的。没等擦车，她一边打电话一边开车扬长而去。

有人到孙瘸子的店里买烟。孙瘸子叫着孙小良的名字，兄弟你帮我给他拿烟。孙小良问是卖还是拿？孙瘸子和一桌牌友都笑了。孙瘸子说你这孩子太老实。我让你拿烟给他就是卖烟给他。不给钱让他白拿？那叫送！

孙小良想皇城根的人就是不一样，刚才还怒气冲天，屁大功夫就烟消云散，笑逐颜开了。他可不是那么容易忘记的。好你个红宝马整我，我一定给你点颜色看看！

晚上他和马永城到网吧上网时，专门查了一下宝马车的资料。他不懂车型，但记着找他茬子的那个女人开得红宝马车后屁股上有个5的数字，一看价格抽了口冷气，妈呀这么贵？马永城说你没病吧？怎么还想着那事。

孙小良说，不想才怪呢！她害得我第一天上班工资就被扣了。十元钱，那可是我上中学时半个月的伙食费……

马永城说，你想，想，想，还没等你想出个主意，就卷铺盖滚蛋了，你！说着，叹了口气。

孙小良不服气，说，叹气有个鸟用？要不被人欺，就得硬梆点。

旁边一个女孩一直在听他俩说话，朝孙小良竖起大拇指，够爷们！说着抱了孙小良一下。

马永城低声对孙小良说，你也亲她呗。

孙小良说，我看不上她，要亲你亲。

马永城和孙小良回到住的地方时，已经是十一点多。他们正要往地下室走，听见美容美发店的门响了。两人互相拉扯了一下对方，躲到一辆车的后边。

哥，你开车慢点。

噢。过几天我休假，带你到杭州去玩。杭州你没去过吧？上有天堂，下有苏杭，美，那叫美。

哥，你不阚我吧。我可是真心对你好。

噢，我知道。我知道。

孙小良说，是秋秋。那个男的不是胖子吗？

马永城慌张地用手捂住孙小良的嘴，说，少管闲事，装没看见。

胖子把奥迪车开到路上，打开了车窗户，秋秋把头伸进窗户里，两人又亲了亲嘴。胖子开着车走了，秋秋目送黑色奥迪车消失在夜色中，才进了地下室。

孙小良忿忿不平地说，那个胖子有媳妇，还霸着红宝马，又勾着秋秋，咋这样无耻！

马永城说，这叫本事，你懂不？

孙小良哼了一声，说，他长得也不咋帅呀，还又老……

马永城说，这和年龄没关系。有钱，有钱就是本事。

孙小良摇摇头，没再说话。一晚上他翻来覆去的想，熊胖子真流氓。秋秋真浪……

第二天，红宝马又过来洗车时，把魏宁拉到一边嘀咕了一会。马永城低声对孙小良说，那女人又在侦察她老公外遇的事了。

孙小良问，是问秋秋吧？见马永城点点头，又说，秋秋也够浪，那个男人左搂一个右搂一个，她怎么还往上贴？

马永城说，这你就不懂了吧？秋秋也想挣钱，也想开宝马呗！

孙小良不解，漂亮女人都这样？

马永城说，这和漂亮没关系。男人不想挣钱开宝马车？你问问你自己。孙小良说，我真不想。我就想活得自由自在。忽然，他踹了马永城一脚。马永城问：你弄啥，踢我干吗？孙小良朝地下室出口处呶了呶嘴。马永城顺着他暗示的方向看去，在门的玻璃上发现了两只眼睛。他说，是秋秋。秋秋在看那辆宝马车。孙小良点了点头，说，我靠，不开宝马就吃不香睡不着了？真是人和人想得不一样。他注意观察，直到红宝马车开走了，秋秋才从地下室出来，若有所失地看着远去的红宝马车。

看着秋秋失魂落魄的样子，孙小良突然来了灵感，回到房间打开箱子找出速写本。这个速写本上已经画了几十个人物，有老家的爷爷奶奶和邻居，有他在县城上电脑班时的同学，有县城大街上遇到的稀奇古怪的人，也有一些小动物。他原打算到北京后不再动笔，先挣点钱。刚才看到的秋秋，让他又产生了灵感。他拿着速写本朝外走时，碰上洗涮回来的马永城。马永城惊奇地看着他，你弄啥去？他说，屋里闷，我出去呆一会。马永城指了指他手中的速写本，说，嘻，还搞创作啊？他没理马永城，独自出去了。

四

　　塞车是现代都市最难医治的一大重症，也是对人的健康损伤较为严重的一大诱因。开车的人心态好，遇到塞车时不急不躁，随波逐流，一边听着音乐一边耐心地等候，那倒不至于影响健康，问题是这一类型的人比例不大。更多的开车簇是赶着上班，哪个单位、哪个部门、哪个公司也不会出台员工因塞车误点不算违反纪律的规定。你这边越急，那边越堵，你能保持好心态还怪呢。孙小良就发现了这一点。他画了一张速写，一行十几辆堵塞的车上，司机的神态各不相同。有的司机打开车窗探出头，伸着脖子向前张望；有的司机胳膊肘儿和手搭在外边，手指挟着的烟头冒着缕缕青烟；有的司机甚至下了车，皱着眉头着急；只有一对情侣不慌不忙抱在一起亲嘴……孙瘸子看了他的这张速写咧着大嘴笑，看不出你丫还是个人材！来，帮我闺女画一张！说着，就把京京抱到柜台上坐好，还给她梳了梳头。

　　孙小良说，画速写不是照相，越这样摆姿势我越画不好。

　　孙瘸子说，我靠，那得怎么样才能画好？

　　孙小良说，你让京京该咋玩咋玩。

　　正在这时，马永城喊孙小良擦车。孙小良把速写本交给孙瘸子，叔，你帮我看一下。又说，千万别让魏宁那孙子看见了。

　　这回又是那辆红宝马车。红宝马停好车喊魏宁，魏宁你给我滚过来。

　　孙小良和马永城都惊奇地看着魏宁。魏宁一脸媚笑，凑到红宝马身边刚要说话，红宝马给了他一个耳光。那一巴掌很重，孙小良清楚

红宝马

听到了啪的响了一声。红宝马接着拧魏宁的耳朵，把他拉到马路边的路牌下边。她眼睛瞪得很大，看上去火气也很大，但说话的声音却很低，孙小良转头用左耳朵听，听不见，又转头用右耳朵听，还是听不见。他想，魏宁就会欺负我和马永城这样的小工。一女人打你骂你，你只会装孙子，还是男人吗？

这样一想，他倒看到了报复红宝马的一个机会。红宝马在和魏宁叨唠，眼睛没看车，魏宁低着头也没看车，朱水这个时间还在地下室搂着魏宁的姐睡觉，马永城和另外两个擦车工也在忙活，他可以乘机对红宝马搞点小动作。他拣了根钉子，用湿毛巾包着，装着很认真的样子弯腰擦车，把钉子朝红宝马车的轮胎上扎了下去。他的手转了一圈又一圈，几乎用了吃奶的劲，钉子就是不听使唤，怎么也不朝轮胎里边进。妈的，这轮胎难道是铁做的？到底是好车。要是我爸那辆破自行车，都得扎三个洞了。他想。看来这一招不行了，他又想把钉子放在红宝马的驾驶座上，妈的，让她屁股扎个眼！一想也不行，那样就把自己暴露了。他为自己无计可施感到懊恼。

红宝马临上车时用疑惑不安的目光看了他一眼，你干嘛？

孙小良瞪着她没说话。

红宝马也瞪了他一眼，说，小心点，碰破一层皮，把你家老黄牛和几间破房子卖了也赔不起！

孙小良压住火，没有和红宝马吵。

红宝马走后，魏宁过来了，瞥了一眼对面孙瘸子的店，见孙瘸子正转身给顾客取东西，才大胆地指着孙小良的鼻子，问：你刚才看到了啥？马永城赶忙跑过来，抢着回答说，我们光顾着擦车，啥也没看见。又给孙小良挤挤眼，是吧，小良？孙小良偏不买马永城的好，更不买魏宁的账，挺着脖子说，看见了，看见你让那个红宝马剋了一顿没敢还手。

马永城踢了他一脚，瞎咧咧。她长几个胆子敢和魏哥剋？

魏宁不耐烦了，你俩老说剋，啥意思，是国语吗？

孙小良说，河南话，地道的国语。知道不，八百年前河南话就是国语。

马永城说，剋就是干的意思。比如说剋架就是干架、打架；剋饭就是吃饭；喝酒剋一杯，就是干一杯……

那男人和女人干那事呢？魏宁好像故意出难题。

马永城笑了笑，那，那就是剋那个呗！

魏宁乐得哈哈大笑。笑罢，又说，不对，人家两人亲嘴，不就成了剋嘴。

马永城和孙小良乐了。孙小良借着三个人之间的气氛友好，问魏宁，那个红宝马咋一会对你好一会对你赖，她是你啥人，你那样对她？

魏宁白了他一眼，转身进孙瘸子的店买了包烟。他先点一支抽着，抖着两条腿，斜眼看着孙小良，你小子怎么对啥人啥事都感兴趣？跟你说吧，那女人不是我啥人，我就喜欢闻她身上的香水味。

阙人！孙小良说。

魏宁认真起来，让孙小良把耳朵凑近他，悄声说，阙你是孙子。她身上那香水味一个字叫香，两个字叫真香，三个字叫他妈的香。你知道不，她身上的那香气不像秋秋，是喷在头发上、衣裳上的，她的香气是从她身体流出来的。

红宝马

孙小良惊讶地看着魏宁，仿佛站在他面前的是红宝马。

魏宁好像喝酸了酒，有点儿飘飘然，眼珠子儿也有点红，接着说，那天她弯腰时，我瞅见她两个妈妈头了，粉红粉红的，就和泡在水里的樱桃一样鲜，香气就是从那冒出来。我听我姐夫说，一万个女人里才有一个身体里流香气，叫香体。古时候有个贵妃叫，叫什么秦香莲。为啥叫秦香莲，身上香呗，她用过的洗澡水漂到下游几百里还冒香气……

孙小良打心里瞧不上魏宁。妈的，狗屁不懂。不过，魏宁说的粉红粉红的那个词，让他真的有点儿想入非非。

魏宁可能怕孙小良不信他的话，又说，她身上要是没这股香气，我水哥的大哥能看上她？她不论长相还是体型，都赶不上秋秋。

孙小良说，你别提秋秋。秋秋是个好女孩，不会像她……

这回轮到魏宁惊讶了。他学着马永城和孙小良的河南话说，唏，你弄啥呢？刚来两天就爱上秋秋了是不？

孙小良说，我没有！

魏宁说，唏，你还不敢承认。我这么跟你说吧，秋秋想和我水哥的大哥好，还让我水哥帮她引荐过。

孙小良皱着眉头，说，秋秋有男朋友，大学生，住咱地下室，这你知道。

魏宁说，我知道。我问你，要换你是秋秋，你甘心跟一个连工作还没找到，租住地下室里的穷学生，还是愿意跟一个能给自己买车买房的男人？你没发现秋秋每次看到那辆红宝马车，眼睛嫉妒地流血。

孙小良说，没看见。嘴上这样回答，心里却不得不承认魏宁说得对。秋秋看红宝马时那种期待，那种贪婪，那种嫉妒的眼神都已经让他画了速写，就占着他的速写本的一页。他还没想好名字，现在经魏宁提醒，名字有了，就叫"我想有辆车"。

第二天上午九点多钟，孙小良和洗车场的同事像前天和昨天一样，正蹲在地上吃饭，对门孙瘸子叫他，小孙，小孙，你过来一下。他一手拿着块卷了辣椒酱的馒头，一手拿着块朱水的女人也就是魏宁姐姐自己泡制的咸菜，边吃边进了孙瘸子的店。一进门，他就看见了秋秋。秋秋手里捧着的是他的速写本。他的心跳一下子加快了，同时对孙瘸子生出几分怨言：好你个孙瘸子，我把你当好大哥，让你替我保管一会速写本，你把它拿给秋秋看，不是存心让我挨骂吗？

孙瘸子大概看出了孙小良的心思，解释说，你画了我闺女，我闺女一会儿想起来就翻了看，看了都一百遍了。他的意思是告诉孙小良，速写本是京京无意翻看时，被撞进来的秋秋发现的。孙小良想：反正是这样了。如果秋秋骂我，我就告诉她上边画得不是她。她也没脾气。

秋秋不像是恼火的样子。她打开一页，指着上边说，你这画的是宝马车吧？

孙小良没回答。

秋秋说，你没上油彩，看不出车身的颜色。不过，我猜是红色的，就天天来洗车那辆，对不？

孙小良仍然没说话。他嘴里塞满了馒头，牙齿和嘴唇上沾着红辣椒。京京很懂事，递给了他半瓶矿泉水。他也不管是京京喝过还是孙瘸子喝过，一口气喝了个净光，用最后一口水漱了漱口，才说，这是我的创作，想象出来的。他在琢磨秋秋到底想说什么。

秋秋冷笑一声，说，你那笔是刀子啊？怎么把开宝马车的那个女人的个子像割麦子一样给割了一半。

孙瘸子哈哈大笑。孙小良也笑了。京京受了他俩的感染，跟着嘿嘿乐。秋秋却仍然一脸严肃，一本正经地说，要画就画得像一点。说完，拎着三盒酸奶，头也不回地走了。孙小良看了一眼孙瘸子，孙瘸子两手一摊，说，你们这些孩子……说着，把速写本递给孙小良。

孙小良刚转身，看见魏宁和马永城都在看他。他又把速写本放在柜台上，叔，帮我再保管两天。

让孙小良做梦也没想到的事情在两天后发生了。

那天又是吃饭的时候，又是孙瘸子叫他，小孙，小孙，你过来。孙小良的心莫明其妙地又紧张起来。他想，该不是秋秋又看我的速写本了吧？她要是看到我画得她看那辆红宝马车时的样子，不骂人才怪呢！他硬着头皮进了孙瘸子的小店，看见有个女孩在翻他的速写本。不过不是秋秋。秋秋留得是长发，眼前的女孩是齐耳短发。

这就是小孙，孙小良，对面洗车场的。孙瘸子介绍说，又指了指那个女孩，人家是京报的。

京报的女孩热情地和孙小良握了握手，然后指着他画的一幅速写，问他：这是你的原创？

孙小良不懂什么叫原创，点点头，又摇摇头，回答道，我瞎画着玩的。

真实、生动、有震撼力，有思想……京报女孩一口气说了一堆赞美的词，又说，就是线条还有些粗，氛围有些过于渲染。

孙小良看了一眼京报女孩说的那张速写，是他们洗车场员工吃饭的场面。七、八个人围在一起，地上铺了张旧报纸，放着辣椒酱、小咸菜和一盆粥。当时，马永城坐在地上端着碗喝稀粥，举起的碗遮住了他半个脸，只露出两只眼睛和鼻子；魏宁蹲在地上，一条腿高一条腿低，正伸出筷子挟咸菜；另两位员工边吃饭边在议论什么事情，其中一人的筷子指着胡同。他们旁边有小轿车驶过，行人走过，还有一只小狗在魏宁的屁股后边低头觅食……他给这幅速写起的名字叫"地摊"。他不知京报女孩为什么拿这幅速写说事，于是又说了一句，我瞎画玩的。

京报女孩问，我打算把你这幅作品推荐到报上发表，你同意吗？

孙小良赶忙摇头，不，不要。我瞎画玩的。

秋秋这时进来买酸奶。她接上孙小良的话说，你还挺谦虚。瞎画玩的都能上报纸，要正儿八经的画还不得办展览。说完，格格笑着走了。孙瘸子不容孙小良再考虑，自作主张地说，记者妹子，你要发就发吧。我这小兄弟的家我替他当了。不过，你得多给他点稿费，他缺钱，都欠我30多元了。

京报女孩认真地看了孙小良一眼，问，你多大了？

孙小良回答：十八！

京报女孩显然不信，又问：你哪年生的？

孙小良不高兴了，唏，你查户口咋的？说完转身要走。京报女孩拉了他一下，哎，男子汉怎么这样小器？孙瘸子也说，小良你丫懂点礼貌。怎么说人家是你孙大哥的顾客。孙小良这才又过身，仔细打量了一眼京报女孩。这个京报女孩看上去年龄也就二十几岁，黑黑的眉毛，清澈的目光，满脸阳光般的和蔼、热情。孙小良想，这女孩长得真干净，到底有文化的人！不知为什么，他对京报女孩的陌生感、敬畏感一下子全都烟消云散，亲切地说，你以后要是洗车到咱这来。

京报女孩问：你能免单？

孙小良笑了，我使劲给你擦，擦得干干净净！

京报女孩也笑了。

京报女孩走后，孙小良才把刚才看见秋秋的疑问向孙瘸子提出来，哥，秋秋也欠你钱吧？

孙瘸子隔着柜台，用报纸敲了一下他的额头，说，你小子还真有点艺术天赋，观察人和事特用心。

孙小良噢了一声，也不知是表示听明白还是没听明白。他一只脚迈出门时咕噜一句，难啊。

孙瘸子喊他，小孙，你小子说什么？什么难啊？

孙小良头也没回，又咕噜一句，生在穷人家的漂亮女孩难。

直到孙小良要离开西黄城根时，孙瘸子才悟出孙小良话中的意思。他说，小马说小良你小子有才，我终于发现你真有才。你当初用一个难字形容生在穷人家的漂亮女孩，我还不明白。现在明白那个字特深奥，特过瘾。

五

其实，孙小良在当天晚上就印证了他对孙瘸子说的话。

今天是周末，晚饭后魏宁的姐姐拉着魏宁、马永城到离洗车场不远的一个教堂去了。马永城给孙小良讲过，魏宁的姐姐每到周末都要去教堂。

孙瘸子和朱水等几个牌友在对面的马路边摆起桌子打牌，喊孙小良帮着他看店。孙小良挺乐意，因为孙瘸子的店里能看电视，还有免费的矿泉水喝。他兴趣来了，还可以画几笔速写。

大概九点多的时候，秋秋来买酸奶。孙小良说，你早上不买过了吗？秋秋说，你早上吃饭晚上就不吃了？说罢，两人都笑了。

秋秋并没有马上离开的意思，眼睛盯着马路对面。对面的一棵大树下，停着胖子的那辆黑色轿车。孙小良马上明白了，秋秋是在等胖子。不知为什么，他的心情一下子变得非常糟糕，和秋秋说话时带着火气。他说，你店里有客人来了，你快去上班吧？

秋秋说，我碍你什么事了吗？

孙小良说，我是怕你老板扣你工资。又说，挣俩钱容易吗？

秋秋说，我辞了。

孙小良说，噢。

秋秋说，就是不在那店里干了。

孙小良说，噢。

秋秋急了，你这人有病？说罢又笑了，我知道了。你的大作要发表了，所以骄傲了，眼眶子高了。

孙小良取出速写本和笔，说，你现在样子特青春，特阳光。我帮你画一张吧？

秋秋又是摇头又是摆手，说，得，得。现在是夜晚，还阳光呢。我可不想让你拿去发表。

孙小良把速写本和笔收拾好，故意刺激秋秋说，那个胖子不会出啥事了吧，咋这晚还没来开车？

秋秋无动于衷。

孙小良又说，那孙子贼有钱。那天他开后备箱取东西，我和马永城看了一眼就差没吓昏。他那后备箱里全是好酒，茅台、五粮液、还有带外国字的。他拿了根和我老家粪扒子一样的东西，晃着给朱老板说是什么高、高什么球杆。朱老板说得值十几头黄牛的价钱。他说着，一直偷偷观察秋秋的表情。秋秋好像没有太大兴趣，仰着脸看电视。孙小良也觉得没趣了。

过了一会，秋秋问，你爸爸妈妈都在吗？

孙小良说，都在广东打工。

秋秋说，你真幸福。她说完，可能怕孙小良看出她的情绪变化，把脸转向门外。

孙小良有点纳闷，她说这些啥意思？

秋秋过了一会又问，如果一个女孩的继父对她不怀好意，这女孩该怎么办？

孙小良脱口而出地说：离家出走。

然后呢？

孙小良回答不上来了，摇摇头。

秋秋说，你是个好男人，但是一个不负责任的男人。

孙小良有些惊慌，啥，你说啥呢？

秋秋说，你喜欢一个漂亮女人，会对她忠诚，但是你没办法让她对你忠诚，结局是两人不欢而散，你由喜欢变成仇恨，她也由幸福变成痛苦。归根结底你不负责任。

说完，她急忙向外走。孙小良一眼看见那个胖子正在开车门。秋秋到了车前，两人说了几句话就上了车。车子开走后，还没等孙小良回过味来，后边一辆车紧跟着追了上去。孙小良跑出去，从车屁股看出是辆红宝马车。他的心里格登一下，想，坏了，红宝马在盯梢呢，弄不好秋秋要吃亏。他想追，见孙瘸子和朱水都在看他，黑红两辆车也已没了影踪，才快快地回到店里。他拍了一下自己的脑袋瓜子，嘁，和你啥关系，你咸吃萝卜淡操心！

不过，他没心思看电视了，取出速写本，想把刚才秋秋的模样画出来。刚画了几笔，门外响起汽车喇叭声。他抬头一看，红宝马正怒气冲冲地朝他挥手，哎，那什么，你出来，我有话问你。

孙小良转过身背对着她，心想，你他妈的算老几？

没想到，红宝马停好车进店里来了。她拍了一下柜台，哎，那什么，小盲……

孙小良扭过头瞪了她一眼，本来想骂她，嘴巴张开又闭上了。他看见红宝马拍在柜台上一沓钱，少说也有几千元。他问，你买啥？

红宝马说，这是给你，不，打算给你的信息费，三千元。如果你给我提供的信息准确无误，就是你的。

孙小良的心急促地砰砰跳了两下，目光盯着那沓钱，咕噜一句，你咋不找魏宁？

红宝马说，那个小盲流不可靠。我给他钱，他给我的是假信息，让我臭骂了一顿。

孙小良问，我就可靠？

红宝马说，我不给你钱，你不可靠；我给了你钱，你准可靠。你想清楚了，三千元抵你半年撅着屁股擦车挣来的工资。你要是听我的，给我服务好了，我可以给你六千、八千、一万，不，三万！

孙小良有点不敢相信自己的耳朵。柜台上的三千元钱让他动心，红宝马说得比三千元更多的数字让他激动，甚至有点疯狂。他已经忘记了红宝马是让他被扣了一天工资，他一直耿耿于怀的人。他决定和红宝马合作。他问红宝马，你不就是让我盯着秋秋吗？没问题。我不会阚你！

红宝马说，那你告诉我，那个婊子还在隔壁的美容美发店干吗？

孙小良把柜台上的钱装到衣袋里，说，我回答你，就算给你一次信息了。接着又说，她叫秋秋，你以后在我面前说她的名字。你说婊子我不认识，信息不准就别怪我。

红宝马生气地说，你们这些小……没个好东西。好吧，我问你，秋秋刚才是不是坐对面树下那辆车走了？

孙小良犹豫了一下，摸摸口袋里的那沓钱，点了点头。

红宝马问，开车的是不是个胖子。他每天把车停在马路对面？

孙小良说，不是每天，礼拜六礼拜天不停这儿。

红宝马说，你故意气我？我就让你回答是不是？

孙小良又点点头。

红宝马向孙小良要了一张纸，在上边写了个手机号码，这是我的电话。你只要看到那个小婊子，不，是那个秋秋就给我打电话。我要是没接，就是不方便，那你再给我发信息。

孙小良冷笑一声，问，她半夜上茅房我也给你说？

红宝马瞪了他一眼，气呼呼地走了。她的车刚发动，孙瘸子就在对面喊，小孙，孙小良你过来一下。

孙小良嘴上应着，心里却直发慌。难道和红宝马的对话让他们听见了？收红宝马的钱也让他们看见了？不会，不会。可是三千元钱装在衣袋里鼓鼓囊囊，一定会让他们发现。发现了就会逼问追问，让他说清楚。他打开抽屉，想把钱放进去。一想，这是孙瘸子的抽屉，你把钱放进去算什么？他脱下鞋子，又想把钱放在鞋里，脚朝里一放，不光硌脚，整个身子也失去了平衡，很容易让人看出破绽。这时，孙瘸子又喊他，朱水也跟着喊，他更加心烦意乱，急得额头上直冒汗。这时，对面的公共厕所门前有人咳嗽。咳嗽声给孙小良带来了一线希望。马永城上班时想抽烟，又怕朱水骂，就躲到公共厕所里去抽。公共厕所屋顶大梁有条缝隙，马永城把烟藏在缝隙中，抽得时候再掏出来。那个缝隙既然能放下马永城的半盒烟，也就能放下三千元钱。可以先放在那里，等回宿舍时再去取。他想到这儿，用手捂着肚子，一边小跑着一边对孙瘸子和朱水说，我肚子有点疼，先去拉泡屎。

公共厕所里的灯前几天就坏了，孙瘸子打了几次电话给管厕所的部门，管厕所的部门说照明不归他们管，找路灯管理部门，那个部门说只管马路上的灯，气得孙瘸子大骂，你哪个是管老百姓的部门？孙小良摸黑钻进厕所，卟哧一脚踩到水里，有几滴溅到脸上。他不用闻也知道不是水是尿。厕所里没灯看不见，有人进了门掏出家伙就尿，地上的小便已经积了没脚深，朱水白天还垫了几块砖头以方便行走。孙小良把这事给忘了。他的个子高，一伸手就摸到了大梁，然后顺着大梁找缝隙，找到缝隙就把钱塞到里边。他顾不得想太多，怕孙瘸子和朱水怀疑，放好后就出去了。孙瘸子鼻子尖，一下就闻到他脚上带出的特殊气味，又气愤地拍着桌子骂，操，就装一灯泡那么难。

红宝马

朱水用手电筒照了照孙小良的脚，皱着眉头，疑惑地问，你慌慌张张地干啥呢？

孙小良说，没干啥。我帮孙哥看店。

朱水又问，那个女人怎么和你聊这样长时间，聊得啥？

孙小良说，嗨，她是富姐，能和我一个穷小子聊啥，就是问我你和魏宁啥关系。

人都有虚荣心，而虚荣心往往是用虚伪来掩饰、掩盖。尽管朱水和魏宁的姐姐已同居几年而且有了孩子，但毕竟不是合法夫妻，在一些场面上，朱水害怕别人提起。孙小良这一招果然灵验，朱水愣怔一会，低下头打牌了。孙瘸子这才说出叫孙小良的原因。他说，你去店里拿十瓶啤酒，十瓶矿泉水，再拿两包花生米，记在你老板账上。

孙小良明白，朱水今天打牌输了。他回到孙瘸子的店里，忽然闻到有一股香气。他想：肯定是红宝马留下来的。也许这就叫余香！怪不得魏宁那小子说她是香体。这样想着，不由地又抽了两下鼻子，还自言自语地念叨一句，余香，唏……

马永城跟着魏宁的姐姐、魏宁是九点多回来的。他见孙小良在孙瘸子的店里看店就进来了，要了一瓶啤酒，咕嘟咕嘟一口气喝了半瓶，才抹了抹嘴问孙小良，你就一直这样呆着？

孙小良说，我出去了一趟。

马永城又惊又喜，唏，你出去了一趟，去了哪里，天安门广场，北海，后海？

孙小良指了指马路对面，一本正经地说，茅房！

马永城哈哈大笑，你小子阙吧，阙吧！笑罢，严肃地说，你猜我今晚在教堂见谁了？

孙小良摇头。他此刻百分之九十九点九的心思在茅房大梁的缝隙上，哪顾得上和马永城穷扯淡。马永城用两手比划一个圆圈，又晃了晃，好像是在转方向盘，你的仇人！孙小良明白他在说红宝马，哼了一声，还说我阙，你才会阙。你咋会在那儿见她？他没有说出红宝马来过。

马永城说，我也纳闷，过去我从没在那见过这娘们。她去得晚，刚到几分钟，礼拜就结束了。不过，我看她一脸的苦大仇深，该不是和胖子剐架了吧？

魏宁看到她了吗？孙小良问。

马永城摇头，就他那眼珠子，跟大白天的灯笼一样——摆设。说着，喝光了瓶子里的啤酒，点了一支烟，四下看了一眼，说，妈的，咋有臊气味，是不是瘸子的冰箱里东西坏了？

孙小良没接他的话茬，而是说，你帮着盯一会，我去一下茅房，回来咱一起回宿舍。他朝外走时，顺手拿走了马永城刚才点烟放在柜台上的打火机。他刚才去茅房藏钱时湿了的鞋子呱几呱几地响，让马永城看见。马永城说，我说哪来的臊气味，是你小子掉茅坑里了。

孙小良进了厕所就摸到了藏在大梁缝隙中的那沓钱，长长地舒了一口气，悬着的心总算落了地。可是，就在他朝外掏钱的时候意外发生了。可能是为了压得更结实，大梁安放时在与屋顶盖中间加了一层水泥。不知是从马永城开始，还是在马永城之前，甚至之前的之前，就有人不知出于什么原因，把中间的一层水泥抠掉，形成了一条缝隙。这条缝隙是两边通着的，这边塞东西，如果不小心就会从另一边掉下来。孙小良当然不清楚，所以他朝缝隙里伸手时，碰了一下那沓钱，那沓钱从另一边掉落下来。他赶忙打着了火机，借着微弱的光亮把钱拣起来，在从上往下掉落的过程中，有几张飞落进大便池的洞口里，有几张还飞落到了旁边的大便池中，气得他眼睛直冒火星，急得他手忙脚乱，恨不得像孙猴子一样生出七十二变的本领，钻进洞口把钱拣回来。他刚弯腰，冲动之间竟然踩了一脚冲水器，哗啦啦的水响声起，他才意识到那几百块钱也随着水流冲走了。

这时，厕所门口响起马永城的声音，小良，你弄啥呢，一泡尿咋用这长时间？

气急败坏的孙小良把怨气都撒到马永城身上，张口骂道：我操你个大爷，叫魂呢？信不信我弄死你！他边骂，边绕到隔壁的大便池，想把掉到这边大便池洞里的几张票子拣出来。没想到马永城恰恰就在这个关键时刻钻进厕所里来了。小良，你个熊羔子咋骂人呢？

马永城的言行无疑是给孙小良火上浇油。他一跺脚，冲水器又是哗啦啦一阵响，落入这边大便池中的几张票子也随着水流走了。他说，马永城你个狗日的就不喜欢人。人家越是着急上火你越火上浇油。我今天要不弄死你，解不了我的心头之气。马永城是进来小便的，一泡尿还没撒尽，听他这样一骂，先是莫明其妙，接着也火冒三丈，回骂道：你才是狗日的呢。公共厕所人人都可以进，又不是你家你不让就不进。再说，兴你屙屎撒尿，别人就得让尿硬憋死?! 没见过你狗日的啥人。孙小良装作拉屎，蹲在茅坑上一动不动，说，好小子，你等着，你给我等着。马永城一边往外走，一边怒不可遏地说，我等着，看你能把老子生吞了。

她的目光带着哀怨，神情带着哀愁，身子有点儿
发抖，胸脯起伏得也快了。

两个同乡、同村、同一个小学，现在又同在一家洗车场打工的好朋友，竟然就这样闹翻了。

六

第二天上午九点多红宝马又来洗车，向孙小良问起秋秋时，孙小良才想起秋秋一夜没回地下室。一大早他去涮牙，朝秋秋的屋子看了一眼，见门上还挂着锁。

红宝马看了一眼胖子停车的地方，现在一片空白。她的目光带着哀怨，神情带着哀愁，身子有点儿发抖，胸脯起伏得也快了。孙小良心里暗暗高兴，让你张狂吧。你骂我小盲流，现在你自己成了弃儿，比我还惨！想着，又添油加醋地说，我一来就看见秋秋和那个胖子不正常。比方说胖子吧。你过来开车就走呗，磨磨蹭蹭专等着秋秋出来和秋秋闹几句。

红宝马问，有多长时间了？

孙小良故意沉思了一会，摇摇头说，我来十几天。我来之前他们就认识。

红宝马问，你还看见他俩做过什么？

孙小良说，胖子让秋秋上他的车，坐在驾驶座上，教秋秋开车。其实那孙子是想占秋秋的便宜。我看见他在摸秋秋……

摸那儿？红宝马问。

孙小良挠着头皮光笑，眼睛却盯着红宝马的胸。红宝马明白了，气冲冲地出了门。她把车开到离洗车场十几米外的地方又停下来，喊孙小良过去，你，过来看看你擦得什么车，车里边一层土。这样，让朱水、

红宝马

魏宁他们听了，以为她是找孙小良的茬儿。孙小良果真掂着抹布上了车。孙小良忽然之间冒出一个大胆的念头，表面上又故意装作迟疑不决。红宝马急了，给了他一拳头，你说，你还看见他们在车里干什么？

孙小良摸了一下红宝马的手，像触电一样马上缩了回来。他以为红宝马会生气。没想到红宝马根本没在意，继续问他，就这样？孙小良摇头。红宝马说，那还干什么了？孙小良红着脸，把手放在红宝马的大腿上。红宝马问，那个婊子，不，那个秋秋什么反映？孙小良这才把手动了动。他的手有一种触摸海绵的感觉。他说，秋秋很高兴，笑脸像开了花。红宝马突然一踩油门，车子往前一冲，孙小良的身子向前一倾，额头撞在挡风玻璃上，疼得哎呀哎呀叫了。

红宝马开出有几十米远才停下车，说，滚蛋吧你。给我看清楚了。

孙小良抚摸着额头，一幅受了莫大委屈的样子，引得魏宁哈哈大笑，说，你小子有眼无珠。你不打听打听那女人是谁，老是招她惹她。哪天你惹烦了她，别说头上碰个大疙瘩，说不定整个头都得搬家！马永城从昨天晚上在厕所被孙小良骂过后就没再理他，所以装作没看见。倒是孙瘸子发现了点什么名堂，招手让孙小良过去，问他，小孙，你小子该不会想泡那娘们吧？

孙小良的脸刷地红到了脖子根，唏，哥你阚我呢？

孙瘸子说，哥不阚你。你信哥一句劝，吃辣椒咸菜的命别想着吃鱼翅海参。你没听说有一个亿万富翁，想花两千万把他爹的像挂天安门城楼一个晚上，让人当精神病送精神病院……他的话说完，眼睛直了。孙小良顺着他的目光看去，看见胖子正在停车。他想，孙瘸子是不是一直在观察胖子？

朱水凑到胖子车前，和胖子嘀咕了一会。胖子神情有点儿紧张，四下看了一眼，然后又对朱水说了几句，才骑着自行车走了。孙瘸子哼了一声，说，等着吧，这孙子没的好。

　　孙小良刚要出门，吃了一惊：秋秋一脚门里一脚门外半个身子进来了。他突然有点心慌意乱，快速把目光转向孙瘸子。孙瘸子好像也有些意外，秋秋，跑哪去了，让哥担心你。我送京京上学路上，她还问你呢。

　　秋秋说，我去了一趟我姨家。路远，我姨没让我回来。

　　孙瘸子眼里露出狡黠的笑，说，那你打算搬你姨家住去了？

　　秋秋显然没料到孙瘸子会这样问她。她愣了片刻，神情已不像刚进门时那样兴奋，忧郁地说，得看我找工作的情况，也可能也不可能，谁能说明天会是什么样。也许夜里睡觉就睡过去了呢。对吧孙哥？

　　孙瘸子说，对，是这么个理。小孙你跟秋秋学着点，看人家秋秋多明事理。

　　秋秋这才看了孙小良一眼，哟，画家也在这儿。然后对孙瘸子说，孙哥你快别这样说。我是见得多了，听得多了，所以就想得多了。北京这地方，像我和小孙这样外来打工的，得多长仁心眼才能少吃亏，还不敢说不吃亏。

　　孙瘸子说，那还是你愿意。你有什么事做什么事，别老扒望这山比那山高就不会吃亏。比方说有人找上门要给我送饮料矿泉水，比我正常渠道进价便宜一大截，我就不干……秋秋没等他说完，就笑了，孙哥真是站着说话不腰疼。你是北京人，政府对你有这补贴那照顾，看病都有医保。你店小，但每月少说也有几千元钱收入。我呢，小孙呢？你也不是看不见瞅不着。我们也不能一直就这么低三下四给人家打工，再说了，还得想着爹娘在老家一个月能不能吃顿猪肉……

孙小良偷偷看了她一眼，见她的眼圈红了。

孙瘸子看看秋秋，又看看孙小良，一时语塞，只得挠着头皮嘿嘿笑着做掩饰。秋秋走后，他才感慨万端地说，小小姑娘怎么想得那么多？

孙小良说，逼得。

孙瘸子不高兴了，哎，瞧你这话说的，谁逼你了？前两年不是就有句话吗，命苦不能怨政府，点背不能怪社会。

孙小良一扭头走了。整整一上午，来了洗车的他就主动上前擦车，消停的时候就一个人坐在马路牙子上，拿着块小石头低着头在地上画呀写呀，画完写完用脚擦干净，然后再画呀写呀。魏宁问马永城，孙小良这狗日的怎么啦，有病了？马永城摇头。魏宁拍了拍脑袋瓜子，说，怪我，怪我。我给他说开宝马车的马姐身上冒香气。他别是想她想出相思病了？就他，别说闻她身上的香气，连她的臭屁都闻不上……说完放声大笑，笑声中带着嘲讽，还带着遗憾。

马永城瞪了魏宁一眼，唏，你还不是一样。

其实，魏宁和马永城根本猜不到孙小良的心思。

孙小良昨天夜里偷偷数了一遍，手中剩下 2500 元钱。他半夜时又去了一趟公共厕所，举着打火机寻觅了半天，当确信那 500 元钱再也和自己无缘后，他心疼了一阵。可是，接下来他开始为手中的 2500 元钱的出路发愁，愁了一夜，第二天还没想出个办法。2500 元呀，你让我孙小良怎么花？去高级饭店吃一顿可能还填不饱肚子，可是我孙小良娘胎带的就不是吃那些食物的肚子；换一部好点的手机，买几件像样的衣服……都被他一一否定了。魏宁、马永城如果看到孙小良用这些东西，不怀疑他是偷来的也会怀疑他拣到昧起来的。再说，惹他们嫉妒自己又何必？不花出去也不行，继续掖在公共厕所的大梁缝隙里容易掉进茅坑不说，马永城那狗日的天天在那藏烟，他拿走你也没法找他要；放在宿舍的被子底下，那样也不行。魏宁那小子老是偷偷翻别人的床；装在身上吧，也容易让他们看见……他也闪过一丝寄给妈妈的念头，可是又怕吓着妈妈，让她为自己担心。

中午吃饭的时候，孙小良挟了几块土豆片在米饭碗里，然后端到孙瘸子的店门口席地而坐吃起来。他刚吃了几口，就听见孙瘸子店里赤哼赤哼的抽泣声。那声音不像是京京，再说这个时候京京在学校。他偷偷看了一眼，惊奇地张大了嘴巴。那个抽泣的是秋秋。路上来往车辆不断，噪声太响，他把屁股向店门口挪了挪，才勉强听见秋秋和孙瘸子的对话。

孙瘸子：秋秋，我拿你当亲妹妹，还能骗你不成？我昨天和今天上午上了货，钱都押货上了，手头三百两百还能凑出来，多了真没有。

秋秋：我快一个月没上班没领工钱，原来挣一个恨不得花三个，没有积蓄……

孙瘸子：你姨不是在北京吗，找你姨想想办法呗！

秋秋：我姨？她自己还吃低保呢。

孙瘸子：噢。

秋秋：孙哥，不难为你。

听到脚步声进了地下室，孙小良端着碗进了孙瘸子的店，张口就问：哥，秋秋向你借钱？

就在他从洗手间出来时，却迎头碰上了秋秋。秋秋端
着一只洗脸盆，慌慌张张地朝洗手间走，看见他时一
下子惊呆了，你，你，怎么是你？

孙瘸子笑了笑。他的表情非常复杂，孙小良那点经验，读不懂他表情后边的内容。他说，小姑娘还想骗我，我呸！家中有病人要来北京检查需要用钱，既然来北京检查不带钱来啊？还一张口借两千，别说我手头没有，有也不能借给她。

孙小良问：她咋能没钱呢？

孙瘸子狠狠瞪了他一眼，说，你小子什么意思？她咋能有钱呢？她在美容美发小店就做洗头工，其他乱七八糟的事不干。为这她老板没少骂她。你想想一个洗头工一月能挣几个钱？她不吃不喝不买衣服啦？她借两千元十有八九是想买衣服买化妆品。

孙小良看了一眼对面停着的胖子的车，想说秋秋和胖子的关系，见孙瘸子像仇人一样瞪着自己，就没敢往下说。不过，他也就是这个时候做出了决定：把那2500元钱先给秋秋用。

他找了个借口回到地下室，到了秋秋门口又犹豫了。毕竟他没有单独进过女孩子的房间，不知突然闯进去会是什么结果。此时的地下室里一片静寂，不像地面上那样纷乱嘈杂，他几乎可以听得见自己心跳的声音，插在裤袋里攥着那沓钱的手都出了汗。他装作去洗手间，从秋秋门前过了一趟，偷偷朝里瞟了一眼，隔着一道花布帘子，什么也没看见。于是，他又走了第二趟，而这一趟他竟然没敢瞟一眼，心还咚咚地跳。就在他从洗手间出来时，却迎头碰上了秋秋。秋秋端着一只洗脸盆，慌慌张张地朝洗手间走，看见他时一下子惊呆了，你，你，怎么是你？

她一边问，一边用毛巾把洗脸盆盖上。

孙小良其实已经看见洗脸盆里有血，鲜红鲜红的血。他也有点儿

吃惊，难道秋秋……

秋秋从他身边绕过，进了洗手间。孙小良愣怔地站在那里，一时不知所措。他忽然想起秋秋不是从她房间里出来，而是从那个南方人的大学生房间出来。他一时又觉得坠入云里雾里，不是说秋秋和那个大学生结束了吗？怎么会端着里边有血的盆子从他屋里出来？

过了一会，秋秋从洗手间出来，看见他仍然原地站着，带着愠怒，问：孙小良你干啥，看戏呢？

孙小良说，不，不。我等你。

秋秋打了个愣，你等我？

孙小良赶忙把钱掏出来，递给秋秋，说，这是2500元钱，给你。

秋秋往后退了两步，警惕看着他。

孙小良说，算我借给你的。

秋秋问：你为啥借钱给我？

孙小良说，孙哥说你家有病人急着用钱。正巧我妈给我寄钱让我买一部新手机。我的手机还能用，钱用不上……他不知自己编的谎圆不圆，所以说着的时候脸红了。

秋秋还在犹豫。

孙小良说，啥事有治病救命急。你先用吧。说完，不等秋秋表态，他就把钱塞到她手里，急忙转身走了。出了地下室，阳光十分刺眼。他努力睁大眼睛，仰望着天空，如释重负地长长地舒了一口气。

七

下午下班的时候，胖子还没来，红宝马先到了。她点着名让孙小

红宝马

良给她擦车的内部。她当着朱水、魏宁和马永城他们放出狠话，朱老板你不好调教这小野马，我帮你。我就不信驯服不了他。

朱水陪着笑脸，小心翼翼地说，马姐您别跟外地孩子一般见识。用我们老家骂不听孩子的话来说，他还是个吃屎的孩子！

红宝马故作惊讶地问：朱老板你用未成年人打工，小心我投诉你啊！

孙小良挺了挺胸脯，理直气壮地说，我十八了！

朱水拿了条新毛巾给他，朝他屁股上踢了一脚，骂道：小兔崽子，你今天擦的车要是还让马姐不满意，我就开了你！

孙小良钻到车内擦车时，朱水站在一旁像个监工一样专注地看着。红宝马想找机会和孙小良说话，就琢磨了个点子，让朱水去对面店里帮她买一瓶饮料。朱水没动窝，把钱给了马永城，让马永城去买。红宝马又苦思冥想了一会，问朱水：朱老板你这有车座上铺的凉席吗？天快热了，我想买。朱水一听有钱赚，马上来了兴趣，喊魏宁赶快去仓库里取。孙小良想，你就阙吧！你们家哪来的仓库？不就是到拐弯那个店里买来，再加钱卖出，一来一回十几分钟中间的差价钱就挣到手了。

朱水给魏宁取钱去了，红宝马这时才趁机上了车。她让人从外边看她指指这里，点点那里，是在指挥孙小良擦车。孙小良想，这个女人够狡猾了。

红宝马问：秋秋是不是和他一前一后回来的？

孙小良说，嗯。

红宝马又问：秋秋是不是很兴奋？

孙小良说，嗯。

红宝马急了，你变成哑巴了，还是你爸你妈就教会你这一个字。

孙小良抬头朝地下室出口看了一眼，没有在地下室出口那扇门的玻璃上发现他熟悉的那双眼睛。不知是出于失望还是担忧，他心烦意乱起来，对红宝马说话也不好听了。他说，你能不能别像叫猫子？我听着慎得慌。

红宝马拍了一下他的脑袋，靠，你还头上长角脚下长刺了？我付给你工钱就是买你信息的。

孙小良说，你昨天给我的钱，我已经把昨天的信息给你了，咱两不欠。

红宝马说，那你的信息也太贵了吧？

孙小良说，爱要不要。你不信任我，可以找魏宁。

红宝马气得转身下了车，在车外转来转去转了几个圈才又回到车上，换了一副笑脸，说话也亲切了，小兄弟，姐不怕花钱，只要你帮姐把事办好。

孙小良问，啥事？

红宝马朝窗外看了一眼，打开皮包取出一沓钱。孙小良擦车用的是半干半湿的毛巾，一边过来用毛巾包上，一边问：多少？

红宝马说，两千！

孙小良说，唏，才两千。

红宝马说，我包里就这点现金。我平时不用现金都是刷卡。你先拿着，事办成了我再补你。

孙小良问，啥事？

红宝马

红宝马说，死胖子和那个浪秋秋今晚还得出去约会。死胖子一过来开车，你就给我发信息。

孙小良想，你这是让我和你一起对付秋秋啊？万一你抓胖子和秋秋一个"现行"，闹出什么事情来，我哪有脸见孙瘸子、魏宁、马永城他们？不过这话他没说出来。因为他转念又想，你的钱也不是你挣来的，我不挣白不挣！

下车以后，红宝马故意大声招呼朱水，说，朱老板，这小孩今天擦车还可以，看我的面子，你别骂他了。

孙小良恶狠狠地瞪了她一眼。

红宝马开上车走了。孙小良第一件事就是上厕所，想把红宝马刚给的两千元钱暂时藏在大梁缝隙中间。没想到四个茅坑上边全都蹲了人，其中一个是魏宁。他转身想走，魏宁喊他，孙小良，你过来，我有话跟你说。孙小良本来不想搭理魏宁，又怕不小心把钱露出来，于是走过去问道：啥事？魏宁神神秘秘地两边看了一眼，把手向怀里摆了摆，示意孙小良靠近点再蹲下来，他自己又往前伸了伸头，凑到孙小良耳边，说，兄弟求你点事。我这肚子疼得厉害……

孙小良说，你没带纸是不？

魏宁白了他一眼，张开手让他看了看卫生纸，说，不是让你拿纸。我想让你帮我盯着地下室，看秋秋什么时候出来，是一个人还是和别人一起。

孙小良一听，气不打一处来，恨不得踹魏宁一脚。你狗日的也想着秋秋？他想转身离开，又觉得那样便宜了魏宁，于是故意逗他，问：你给我什么好处？

魏宁挤巴挤巴眼皮，说，请你喝啤酒。

孙小良说，我不喝酒。又说，你妈快点，薰死我了。

魏宁说，我给老板说，你那天的工钱不扣了。

孙小良说，你阙我，那不才十元钱。

魏宁想想又说，我把刚才给马姐买座垫挣的提成钱分一半给你，三十元，行了吧？

孙小良不想再和魏宁罗嗦，起身走了。出了公共厕所的门，忍不住打了几个喷嚏，把吸到鼻子里的臭气脏气腥味都喷了出来。一抬头，他才发现秋秋站在地下室门前，正在朝树下的车看。不知为什么，他的心一下子吊了起来。他相信红宝马此刻就在不远处的一个地方，张大眼睛甚至可能用望远镜在窥视着地下室的出口。只要秋秋上了胖子的车，后果就不堪设想。电视电影里不是经常出现人为制造车祸的镜头吗？他不想看见秋秋血肉模糊惨不忍睹的样子。可是，他也没有理由上前去劝阻秋秋。没有。说千道万也没有。

朱老板，今晚有雨，明天你生意肯定又火爆！听声音就知道是那个胖子。孙小良没回头。他不关心胖子。他关心的是秋秋。果然，秋秋看见胖子，马上毫不迟疑地向马路这边走来。孙小良看不清她的神情，只看见她在笑，在西下的夕阳映衬下，她的笑容显得有点儿苍白，又像是虚构。虚构的笑容会让人觉得不踏实，她怎么不伪装得好一点？孙小良想。

秋秋，你干什么去？孙瘸子在柜台里边大声喊，你过来，哥给你说句话。

秋秋好像没听见，头也没回。孙小良生气了，好你个秋秋，你一

红宝马

边和那个南方人大学生藕断丝连，一边和胖子勾勾搭搭抢红宝马的饭碗，啥人？他一生气，掏出手机就想给红宝马发信息，刚写了一个他字，魏宁在后边拍他肩膀，孙小良，你小子不够哥们！孙小良一慌张，按了发送键。他恼羞成怒，回头给了魏宁一拳头，你狗日的找死？魏宁说话也结巴了，你，你怎么，怎么不喊我？孙小良说，我喊你挺个蛋用，你敢拦车还是敢拉秋秋？魏宁气得哼哧哼哧直喘粗气，眼睛仿佛要滴血。孙小良同情地拍拍魏宁的肩膀，哥们，瘸子哥说得对，你是啥命老天爷早给注定了。

孙瘸子一手转动着轮椅，一手拉着京京从店里出来了。他指了指胖子停放黑奥迪的地方，又指着朱水，大声嚷嚷道，朱水你小子给我听着，从明个起不要让那孙子把车停那里，不然我就给他砸了。你小子别以为上边有人，胖子是个官，老子不怕。

朱水的脸一阵红一阵白，不服气地说，那又不是你家的地方，是我租下来的。

孙瘸子火了，破口大骂，我操你个妈，那地方你没来之前是垃圾回收站。你以为我不知道你租谁的，怎么租来的。他用力往前一转轮子，朝着朱水冲过去，带了京京一个趔趄，差点儿跌倒。京京吓得哭出了声。孙瘸子这下更火冒三丈，把京京送回店里，顺手拿了根棍子，气势汹汹地叫着骂着向朱水冲过去。由于路上来往的车多，他几次要过马路都被车隔阻。等到车子稀少的时候，朱水却不见了踪影。他恼羞成怒，挥起棍子就要砸东西，手在半空中停下了，因为马永城把头伸到了棍子下。马永城说，孙哥，你别砸了我们的饭碗。孙瘸子说，这些东西是朱水的，姓朱不姓马。马永城说，我们端得就是姓朱的饭碗。你砸了姓朱的碗，不就是砸了我们的碗。

魏宁不敢接近孙瘸子，站在离孙瘸子两米外的地方，身子向后倾斜着，好像随时准备逃跑。他说，哥，你是不是帮秋秋说话？孙瘸子瞪了他一眼，我呸。我看不惯姓朱的帮胖子欺负她。胖子不是个好东西，朱水也不是好东西。北京容不下这种人，西黄城根也不容这种人。我跟你说吧，你魏宁小小年纪，跟着朱水不学好，长大也不是个好东西。魏宁翻了翻眼珠子，阴阳怪气地说，那还不都在这学的。说完，匆忙钻地下室去了。

孙小良一直没说话。他也弄不明白孙瘸子对朱水发火的真实原因。难道就是因为他看不惯胖子和秋秋来往？那也是秋秋自己乐意。北京人爱管闲事。他想，看不惯事多了，你管得过来吗？你要真关心秋秋，为啥不肯借给她钱？

眼看着一场风波就要平息，没想到红宝马这时出现了。红宝马的车直接停在孙瘸子的店门口。孙瘸子正要骂人，秋秋第一个从车上下来了。这让孙小良、马永城和孙瘸子等人个个瞠目结舌。秋秋没有停留，直接进了地下室。孙小良从她匆忙的背影看得出，她好像受了委屈。果然，他马上从红宝马趾高气扬的神态中得到了验证。红宝马一下车，首先用电动钥匙打开车后盖，喊道，朱老板，为了感谢你们洗车场每天帮我洗车，我给你们发奖品。

魏宁像只猴子出奇不意地从地下室里蹿出来，到车后边看了一眼，惊喜地哇地叫了一声，马姐，你这奖品也太贵重了！说着，拎出一只沉甸甸的电脑包。红宝马上前夺了下来，说，你小子倒会挑肥拣瘦。你值这台电脑钱吗？魏宁皮笑肉不笑，说，我还真以为马姐你出血呢。

红宝马

接着就喊马永城和孙小良过去，搬下两箱方便面两箱啤酒。

孙瘸子余气未消，冲红宝马嚷嚷，车不长眼人也不长眼吗？你把它横在我店门口，我还卖不卖东西？

红宝马说，我又没停你店里。从这到天安门都是你家店门口啊？

孙小良看见孙瘸子额头上的几根青筋蹦直了，双手扶着轮椅的扶手，好像要跳起来。他心里暗想：这男的疯狂女的张狂，要是斗起来还不得天昏地暗？他迟疑了一下，上前把红宝马推上了车，马姐，你和一残疾人剋，有损你的光辉形象。

他的话激怒了孙瘸子。孙瘸子转过头来骂他，孙小良你丫说什么屁话？你有本事拍她丫马屁，也有本事跟她吃去。

孙小良还没反应过来，红宝马已经把他拉到车上，从窗口探出头对孙瘸子说，我今天还真就请小孙吃饭，气死你个瘸子！

她边说边踩油门。路上来往车子少，她的车子启动快，车速也快。孙小良急了，拍着车门大叫，让我下车，让我下车！

红宝马格格格地笑，还放起了音乐唱了起来。孙小良朝后边看了一眼，已经开出百米远。他愤怒地问，你要拉我去哪？

红宝马说，吃饭。

孙小良又换成哀求，说，姐，你放下我。你单独请我吃饭是害了我。我一会咋回来？

红宝马说，我一会把你送回来，还停那个瘸子店门口。我看他敢吃了你？

孙小良汗流满面，心急如焚，恨不得打开车门跳下去。红宝马看出他的心思，对他说，系好安全带，我要加速了。

孙小良无可奈何，只好系上了安全带。红宝马开着车一直朝东三环方向走，上了东三环，又调头上了机场高速。上了高速以后，车速又加快了。孙小良想，随他去吧，先好吃好喝一顿再说。

<h1 style="text-align:center">八</h1>

红宝马拉孙小良去的地方像是一个园林，又像是一个别墅区。车子进大门时，孙小良只看见温泉两个字。

红宝马说是去停车，让孙小良在大堂等他。孙小良隔着玻璃朝大堂看了一眼，惊讶地睁大了眼睛。大堂已经亮灯，一派金碧辉煌。铺着大理石的地面，像镜面一样明净，几个穿着绿裙子的服务员走过，身影倒映在地面上，仿佛迎风摆动的荷叶。孙小良在门外磨蹭着不敢进去。他下意识地低头看一眼自己脚上的旧旅游鞋，发现鞋尖一圈黑不溜秋的东西。他蹲下身子，朝鞋尖上吐了口唾沫，想擦一擦，却四下找不到东西。他觉得特别懊恼。

红宝马不知从哪个门进了大堂，办好手续后四下看不见孙小良，到了门口才发现孙小良坐在台阶上。她又好气又好笑，上前拧着他的耳朵把他提起来，嘲弄地说，说你小盲流你还不承认。瞧，到了这种大地方你就缩溜了吧。

孙小良说，我想在门口凉快凉快。

红宝马说，得，大堂里有空调，不比门口凉快。

红宝马给了孙小良一个手牌，让他先去泡温泉。孙小良问，不是吃饭吗？泡温泉能饱肚子？

红宝马说，订好餐了，泡完就吃，三楼308房，你泡好坐电梯直接上去。

　　孙小良小时候在老家，每逢酷暑经常和马永城等小伙伴下河洗澡。河水经过一天的太阳暴晒，上半部留存着温度，下半部则凉丝丝的，而温泉里的水从上到下都热，水面上还冒着热气，他泡了一会就大汗淋漓，感觉不舒服，于是爬出来坐在池沿上。一个服务生走过来，笑容可掬地问，先生，你喝饮料还是冰水？

　　孙小良摸了摸光溜溜的身子，说，没带钱。

　　服务生笑出了声，先生，我们是免费赠送。

　　孙小良说，你送什么我喝什么。

　　不一会，服务生送来一听饮料。孙小良问了服务生一句：泡一次多少钱？服务生说，二百八。孙小良哼了一声。服务生说，真的先生，我没骗你。孙小良挥挥手让服务生走了。他喝了一口冰镇的饮料，感到心里凉快，又喝了两口，浑身上下都凉快了。他想，我孙小良什么时候能过上这种日子？妈的，这都是富人才能享受的，胖子、红宝马……想到这里，他又下到池子里，在里边撒了一泡尿。这样，心里才觉得平衡了一点儿。

　　孙小良到 308 房间时，红宝马已经先他到了。当女服务员把他带到门口，推开门，他首先闻到一股香气，循着香气看去，他又一次惊讶地睁大了眼睛。红宝马穿着一件白色睡衣，斜着身子坐在沙发上，长长的头发披落下来，如同一壁黑色瀑布，淡妆的面孔在柔和的灯光下比平时看还妩媚。孙小良的目光落在她的胸部时，透过薄薄的睡衣朦胧看到两个粉红色的点……他的下身腾地一下站立起来，吓得他赶忙弯腰想掩饰。可是他不知道，他自己也穿得是一件前边开缝的睡袍，虽然系了彩带，下边的开叉却合不拢，下身硬梆梆的家伙已钻了出来。

红宝马的脸红了红，闭着眼睛不知想了一会什么，然后睁开眼，冲孙小良笑着，说，我的指甲刀掉了，你帮我拣起来。

孙小良弯着腰一步一挪地到了红宝马身边。他没敢看红宝马，低头从地上拣起指甲刀，递给了红宝马。红宝马没接指甲刀，却轻轻抓住了他的下身，然后扯着他身上的睡袍，把他拉到怀里。他吓得闭着眼，浑身像失去了力气，一动也没动。他想起小时候听唱大鼓书的说书，形容女人被男人抚摸时常用浑身酥软这个词。妈的，难道我今天也酥软了？没等他多想，红宝马已经翻身骑到了他身上。孙小良一紧张，泄了。红宝马很不舒服，一脚把他踹到地上。

红宝马穿好衣服，走到镜子前整理了一下头发，对他说，穿好衣服，把你那玩艺收起来。接着打电话让送餐。

吃饭的时候，红宝马不停地看手机信息，表情不停变化，看前一条短信时哈哈大笑，看后一条短信时破口大骂，再往后看时又皱起眉头……孙小良没有经验，手机放在换衣部的柜子里了。他索性埋头猛吃，吃得大汗淋漓。

红宝马看完手机信息，突然问孙小良，你真是第一次？

孙小良说，不是。

红宝马一愣，然后笑了，说，你也十八岁了，正常。你的第一个女孩子现在在哪里？

孙小良说，梦里。

红宝马咄咄逼人地看着他，你说什么？

孙小良说，我第一个女孩在梦中，第二个也在梦中，都是大明星。

红宝马笑了，你个小盲流。又说，我感觉你是第一次。我也是第一次。我第一次碰上这么不中用的男人。

孙小良恼了，不是不行，我不能跟你。

红宝马问：为什么？

孙小良说，你有男人。

红宝马说，他不是我男人。

孙小良问，他不是你男人你还监视他跟踪他管他？

红宝马说，我不是管他是管钱。他移情别的女人，他的钱也会跟着移走。

她的话深深刺痛了孙小良。孙小良想，秋秋也好，眼前这个女人也好，为什么美女和金钱都分不开？有钱人就该什么都得到吗？这样一想，他的下身又硬了，胆子也壮了，竟然伸手去摸红宝马的乳头。红宝马反过来攥住了他的下身……

返回的路上，红宝马对孙小良说，我把身子给了你，你得继续为我服务。

孙小良突然想起什么，问她：你欺负秋秋了吗？

红宝马说，我有什么理由欺负她？接着，她简单向孙小良传述了一下经过：她收到孙小良的信息后，在路口跟上了胖子的黑奥迪。可能是她心太急，跟得紧，没走出多远就被胖子发现了。胖子把车开到一个商场门口，让秋秋下了车，然后开着车走了。她没去追胖子，停好车拦住了秋秋。可是，没等她开口，秋秋就主动告诉她是搭胖子的车来买东西的……她说，他们在车上商量好了的话，吹着浮土也找不到裂缝，我也不能硬说他俩有事。

远远地，他看到地下室进出口的路边马路牙子上
坐着一个人，仰头看着天空，好像在数星星。

那秋秋咋会坐你的车回去？

红宝马说，我也气糊涂了。一直在门外等到秋秋出来……

孙小良问，你恨秋秋？

红宝马没有回答。过了一会，反问：你会恨我吗？你的第一次……见孙小良没回答，她用另一手紧紧握住了孙小良的手，恳切地说，就帮我做最后一次。你瞅个机会，用手机偷拍一张他俩在一起的照片，发到我手机上。

孙小良没吱声。他掏出手机看了一眼，上边只有第一条信息，简短一句话：孙小良我需要你的帮助，秋秋。他的脑袋哄地一声涨大了。秋秋又要借钱？还是秋秋发现了他和红宝马的秘密？他使劲猜，头都疼了也没猜出来。车子一进西黄城根，他就让红宝马停车，要自己走回去。红宝马没勉强他，只是又叮嘱一句：我交你的事别忘了。

孙小良一下车，两脚像失去了根，晃了几晃才站稳。接着，两腿像被一种力量扯着拉着，每迈出一步都很费力。

远远地，他看到地下室进出口的路边马路牙子上坐着一个人，仰头看着天空，好像在数星星。孙瘸子的店也关了门，路边的牌摊现在一片空白。孙小良心里有点难受，多和谐、热火朝天的环境，竟然变得冷冷清清，怪谁呢？红宝马、秋秋、胖子、孙瘸子、朱水，还是金钱、性欲？他想不明白。

再走近一些，他认出是秋秋，想躲已来不及了，只好硬着头皮走过去。

你回来了？秋秋想站起来。不知是因为坐得太久还是身上没劲，挺了几次身子都没站起来。孙小良犹豫了片刻，伸手拉了她一把。她

一个趔趄差点儿跌在孙小良怀里。

孙小良说，噢。他没敢看秋秋。

秋秋问，我给你发的信息你收到了吗？

孙小良说，噢。

秋秋说，我真心实意请你帮忙。这个忙也只有你能帮上。

孙小良说，秋秋，我真的没钱了。

秋秋说，我不是向你借钱。我是想请你帮我拍张照片。不等他问，秋秋接着说，你会画画，懂艺术，就肯定会选景、选角度。最重要的是你人老实、可靠。

孙小良心里乐。他第一次听人夸他懂艺术，而且是个女孩子，是秋秋。他问，用什么拍，拍什么照片？

秋秋四下看了一眼，又到地下室门口朝里张望了一会，确信没人能听见他们对话后，才对孙小良说，用你的手机拍。拍一张我和那个开黑奥迪的胖子亲密的照片，发到我的手机上。

啊？孙小良惊诧地叫出了声。他没想到秋秋会和红宝马有同样的想法。他对秋秋说，那你不怕被胖子的女人发现了？

秋秋说，你就说帮不帮我吧？

孙小良踌躇着，没有回答。

秋秋也没再追问他的态度，转身先回了地下室。

孙小良看了看手机上显示的时间，已经是夜间十一点。他忐忑不安地进了地下室，蹑手蹑脚地回到房间，连气也不敢喘，生怕吵醒了魏宁他们招来一阵骂。突然，电灯亮了，他下意识地闭了一下眼，耳边响起了热烈的掌声。他恍若进入一个不熟悉的境界，赶忙睁开眼，看见魏宁、马永城和另两位洗车场的哥们一个个满面春风地看着他。他又怀疑是自己做梦，揉了几揉眼睛。魏宁拍了下他的肩膀，说，兄弟别迷糊了。我们在等着给你祝贺呢！

孙小良感到莫明其妙，没有说话。

马永城说，真不阙你。魏宁说我们这几个都比你早来，红宝马来洗一次车我们受一次气。你治服了她，让她给我们送礼，还单独请你吃饭，让哥几个扬眉吐气。

孙小良说，我，我……

马永城说，唏，别给赶马车似的，我，我了。我们哥几个商量好了，和你拜把子，你当老大。

魏宁接上说，老板是洗车场的老大，你是哥们中的老大。说完，又讽刺马永城，你还小马哥呢，连马姐的屁都没闻过。

几个人一阵大笑，笑得很夸张。

孙小良去洗手间时，刚进门，马永城就端着洗脸盆跟了进来。他关上门，从洗脸盆里拿出一条卷着的干毛巾，塞到孙小良手上，说，以后别手忙脚乱地乱扔东西。孙小良忽然想起，红宝马拉他上车时，他顺手把那条裹着两千元钱的半干半湿的毛巾丢给了马永城。他握着马永城的手，哽咽地叫了一声：兄弟。

九

一连几天，黑奥迪没过来，胖子没出现，就连红宝马也不见了踪影。这让孙小良感到十分困惑：难道出了什么事情？会不会是自己和红宝马在温泉那地方干得那事让胖子发现了？

孙小良发现她总爱皱眉头，好像有很大的心事。

　　孙小良时而暗自庆幸：胖子不来，秋秋没法儿和他接近，红宝马交给他的事他就不需要再劳神费心地去做，秋秋那边也好交待；时而他又焦虑：红宝马交待的事情办不成，他就不能从她那儿领到钱。他现在对从她那领钱相反不感兴趣，更想的是她透着香气的玉体……这几天夜里他都手淫，心里叫着红宝马。

　　其实，秋秋比孙小良更着急。她不光每天估摸胖子过来那个时间段从地下室出来，而且出来后在孙瘸子店里逗留的时间也比过去长了，有时还帮孙瘸子看店。孙小良发现她总爱皱眉头，好像有很大的心事。有一回，马永城在他耳边嘀咕说，看秋秋快成小老太婆了。孙小良趁秋秋在路边打手机电话不留意时，给她画了一幅速写，结果那上边打手机电话的就不像小姑娘而像一位心思沉重的中年妇女。他还观察到一个细节，临近中午十一点秋秋会外出，到下午三点左右才回来，回来第一眼就看胖子停车的地方。这几个小时中，秋秋都干了些啥？找到了新工作？孙小良不信。马永城在和秋秋闲说话时，透露出孙瘸子和朱水吵架，不让胖子停车的事，秋秋老大的不高兴，说，他怎么那么横呢？

　　朱水没有任何反常表现。他每天一如既往地早早把胖子停车的棚子打开，等待胖子到来，到了晚上又让魏宁锁上。他和孙瘸子之间的纠纷第二天就化解了，还是一起打牌，一起讲荤段子，一起就着花生米喝啤酒。不过，孙小良明显感觉到朱水对他越来越不信任。有一次魏宁喊孙小良跟马永城去进货，孙小良已经骑到三轮车上了，朱水又喊他下来，让马永城带另一个洗车工去。秋秋在孙瘸子店里时，朱水眼睛一刻也不离开孙小良，不时地喊他干点这干点那，生怕他和秋秋单独在一起。孙小良心里感到非常不舒服，唏，把我当卧底了是不？你朱水、魏宁也不比我好哪里去！你朱水没拿过胖子的好处，魏宁没收过红宝马的钱？大家彼此彼此。

　　大概到了第四天，胖子出现了。朱水等他把黑奥迪开进车棚，在棚子外边和他说了几分钟话。胖子给了朱水两只塑料袋。秋秋恰到好处地从地下室出来。她一看见胖子，眼睛立刻放出异彩，孙小良看到她眼睛里仿佛射出两道电光，和胖子的目光对接上了。胖子朝她笑笑，点点头，然后骑上车走了。胖子走后，朱水径直走进孙瘸子的店里，又招呼秋秋、魏宁和孙小良他们过去。他提着一只塑料袋的底往下一倒，哗哗倒出一堆花花绿绿的糖果。朱水说，胖哥出差去了香港几天，刚回来。他说感谢咱这老亲舍邻经常为他服务，买了点糖块给大伙吃。他的话没说完，魏宁先抓一把走了，马永城也抓几块走了，秋秋没动。朱水问，秋秋，你不喜欢吃糖？秋秋说，留给京京吧。孙小良也没动。他觉得胖子给他们几个人发糖是有目的的，至于什么目的他也猜不到。

　　孙瘸子看了一眼刚到的京报，惊喜地说，孙小良，你的速写画登出来了！说着就把报纸递给孙小良。要是在几天前，孙小良可能会激动，会兴奋，可是现在却没点儿兴趣，好像这事和他没有关系，随便看了一眼就扔在一旁。朱水急着去地下室送胖子给他的另一只塑料袋子，也许是压根儿不懂什么叫速写，无动于衷地走了。表现最热情的是秋秋。她拿过报纸反过来掉过去，反反复复看了几遍，边看边夸奖孙小良，你想象力还挺丰富。看看，这个席地而坐的是马永城吧？他就喜欢坐地上吃饭，我测过几次了。这个是魏宁，看他吃饭时都不老实，坐没个坐相站没个站相，一看就成不了大器。这小狗是谁家的？

孙小良悄悄走到门外。秋秋又追出来，说，孙小良你给我画得那幅呢？给我自己保存吧。然后压低声音说，别忘了我托付你的事。又说，我这事十万火急。

她的最后一句话让孙小良大感困惑。唏，和男人睡觉的事还十万火急啊？怪不得红宝马骂她浪，真浪。这样一想，他对秋秋的印象一落万丈，甚至有些鄙夷。你上赶着往胖子身上贴，不就是也想开红宝马吗？

红宝马也出现了。这回，她从下车就笑嘻嘻的，好像在她身上什么事情也没发生过。她还是喊孙小良给她擦车内。一上车她就摸孙小良的下身，你这几天老实吗？孙小良说，我见着你，想不老实也没法子。红宝马得意地笑着说，哪个男人和我做了一次就忘不了我，天天想我，这就是我的魅力，不，能力！

孙小良说，那咱俩再剋。

红宝马没听懂孙小良说得土话，以为是在骂她，火了，小盲流你敢骂我？说着就拧孙小良的耳朵。朱水不知什么时候过来了，敲着车窗玻璃骂孙小良，孙小良你个狗日的给我滚下来。你才老实几天，又惹马姐生气？信不信我现在就开了你！

红宝马打开车门，冲朱水吼了一声，说，哪是哪，我和他的事与你有什么关系？说完，她马上发觉说漏了嘴，又赶忙改口说，他是给我擦车又不是给你擦车，要管教等我走了你再管教。

朱水赔着笑脸，连说了几个，是，是，是。

红宝马等朱水转过身，才又对孙小良说，那个流氓为了安抚我，

带我去了一趟海南。他死不认账和秋秋的关系。这回你把证据给我拿
到了，我给你奖金，还给你奖品，你梦寐以求的奖品！

孙小良临下车时四下看了一眼，发现没人注意这边，大胆地在红
宝马胸前摸了一把。红宝马骂了他一句，因为声音低，他没有听清楚。
他没想到，他刚才这个举动，让刚从公共厕所抽烟出来的马永城看在
了眼里。整整一个上午，马永城看他的目光都是怪怪的，让他觉得背
上有根棍子不停地捣着。

秋秋中午又出去了。这次她没有去公交站挤公共汽车，而是拦了
一辆出租车。魏宁阴阳怪气地说，秋秋开不上红宝马，坐上了黄桑塔
纳，也不错嘛！朱水骂他，你不怕断舌头根就在那说吧！

孙瘸子表示出极大的反感，对在他店里吹电风扇凉快的孙小良和
马永城说，秋秋这孩子怎么跟变了个一样？别看大街上跑来跑去的出
租车多。我这么多年就一次半夜去医院，京京妈打了一回出租车。

孙小良不以为然地说，出租车就是给人坐的。

孙瘸子不满意了，指了指车棚里胖子的黑奥迪说，那车也是给人
坐的，可是得看什么人坐。你这辈子恐怕都坐不上了。

孙小良也不满孙瘸子的话，反驳说，那不一定。心里却骂了孙瘸
子一句，狗眼看人低！

初夏的北京城的空气，就像快要沸腾的水一样冒着热气，到了傍
晚时分，还有些潮湿。孙瘸子这样的"老北京"一到这个时候，就光
着膀子，端着杯子，摇着扇子，专拣荫凉的地方摆张桌子，围坐一圈
打牌聊天。有人到店里买东西，他就喊孙小良或马永城帮着张罗。可
是孙小良今天另有事情，他叫了几次，孙小良都让马永城过去了。京

一般来说，人的行为只要出现反常，就容易露出破绽。

京放学回来后，孙小良把京京叫过来，说是给京京拍照片，让京京在胖子停车的棚子周边换了几个位置。其实，他是在为拍红宝马和秋秋要的照片选择角度。

六点钟刚过，胖子来开车了。孙小良向地下室出口处瞅了一眼，没看见秋秋出来。他心里格登一下，想，是不是秋秋把时间忘了呢？或者是怕红宝马再跟踪不敢上车了？万一秋秋不上胖子的黑奥迪车，他就拍不成照片。他正在犯愁，胖子已经开车走了。他失望地看着黑奥迪从眼前缓缓驶过，忽然又提起了精神，因为他明显感觉胖子开得很慢，慢得有些出奇。一般来说，人的行为只要出现反常，就容易露出破绽。果然，黑奥迪向前开了不到百米远，拐进了一条胡同。孙小良一下子跳起来，把京京抱到孙瘸子小店里，往柜台上一放，对马永城说，你帮看着点，别让京京跑马路上去。

几乎与他出店门的同时，秋秋从地下室出来了。秋秋瞅了他一眼，两手倒背在身后。秋秋的这一动作也反常。孙小良放慢脚步仔细观察着。秋秋的手心向前，摆动几下，孙小良马上明白是在暗示他跟上。

进了胡同口，他一眼就看见胖子的黑奥迪车。看样子胖子是和秋秋通过手机短信或者电话约好了的。这条胡同来往只能过一辆车，两边居民有的在家门前摆了小摊，有的在家门前停车，把胡同挤得更瘦，显得更拥堵。不过，倒是给孙小良这样心怀叵测的人提供了更好的掩饰。他绕到黑奥迪车右前侧，装作在小摊买东西，眼睛盯着上了黑奥迪车的秋秋。

也许是几天没见，秋秋和胖子一见面都很激动。秋秋一上车就紧紧抱住了胖子。胖子也搂紧了秋秋，手还抚摸着秋秋的背。孙小良不失时机地拍下了这个场景。接着，他又连续拍下了秋秋吻胖子，胖子送秋秋礼物等十几张照片。

胖子倒车的时候，秋秋抬起头深情地看了孙小良一眼。孙小良冲她点了点头。

孙小良回到洗车场，红宝马已经在等他了。红宝马看他拿着手机，走路一步一颠，兴致很高，立刻就被他感染了，笑着说，孙小良你跌倒拣着金元宝还是黄金了，小心笑掉牙！等孙小良走近了，她急不可耐地问道，搞定了？

孙小良突然觉得就这样把照片发给红宝马，自己吃亏了，于是摇了摇头，装出一幅无可奈何地样子，说，那个男的太滑头太滑头，不给我机会。

红宝马一愣，孙小良我警告你，不要给我要心眼。把你的手机给我看看。

孙小良说，凭啥？

红宝马说，你说凭啥，凭你收了我的钱。

孙小良觉得理屈，没再和红宝马拌嘴，拿起毛巾想去擦车。红宝马按了一下电动钥匙，说，孙小良你上我的车。说着，她自己先上了车。孙小良假装没听见，碰了碰马永城，说，你去帮她擦车。马永城不满地说，你有病呀？我刚给她擦完。看了他一眼，又说，她叫你上车有别的事吧？孙小良听得出马永城话中有话，也没计较。红宝马却和他计较，喊着朱水的名字，嚷嚷道：看看你的小工，根本不把客户当回事。背着你要小费，不给就翻脸。你们这些农民工天天骂别人腐败，自己也搞腐败，手里的擦车布也成腐败工具了。

红宝马

朱水仍然赔着笑脸，说，马姐你别生气。你要是不好意思点名，就给个眼色，我保证好好教训他！

孙小良心里十分恼火，好你个红宝马，你就阙吧，阙吧！老子今天就是不给你照片，急死你、气死你！他心里是这样想，朱水让他给红宝马擦车，他上车后只是低着头擦车，连看也不看红宝马一眼。红宝马突然明白了，对孙小良这样进城打工的男孩子，其实她什么办法也没有。她把车开离了朱水、马永城的视线，停下车后恳求地说，小孙，我给你五千块，你把照片发给我，这样可以吧？

孙小良赌气地说，没拍。

红宝马想了想，又说，过一两天我再带你去泡温泉，咱还要 308 房间，让你好找到感觉。

孙小良的下身有些蠢蠢欲动。红宝马不知是意识到了还是感觉到了，乘胜追击似地又说了几句调情的话。孙小良快要控制不住自己了，掏出手机，选了几张胖子搂着秋秋、摸秋秋身子的照片，发到了红宝马的手机上。他叮嘱说，你要算账找胖子算，不能欺负秋秋，是胖子勾引秋秋。

红宝马看了一眼照片，气愤地说，这个小婊子也不是好东西。看看她那双眼睛，就跟钩子一样。

红宝马没有食言，给了孙小良五千元钱。

孙小良回到洗车场见到马永城，马永城意味深长地说了一句，你小心掉她那里边，那里可深着呢！

孙小良原以为秋秋今晚又不回来，九点半的时候，秋秋不但回来了，还主动到他宿舍门口喊他出来。秋秋说，咱俩到上边去，我有事

秋秋笑了笑，突然拥抱了一下孙小良，转身上了在
等候她的出租车。孙小良清楚地看见，她上车后就掏出
手绢擦眼泪。他的心头一热，眼睛被泪水模糊了。

问你。

魏宁和马永城探出头，一直望着孙小良的背影消失在地下室出口。魏宁看看马永城，像是想从马永城脸上得到秋秋找孙小良的答案，马永城看看魏宁，也像是同样的目的。

一到地下室出口，秋秋开门见山地问孙小良，你把照片发给那个女的了吗？

孙小良没回答。

秋秋说，没事，我希望你发给她。不过，你也得发给我。

孙小良不解地问：秋秋，你到底想弄啥呢？你不是也想要辆红宝马吧？你开那车，与你……

秋秋的神情瞬间暗了下来。她说，我要钱，我需要用钱！

孙小良没再多问。他更不想为难秋秋。于是，他把拍到的十几张照片全都发到了秋秋的手机上……

尾声

第三天早上，秋秋搬走了。临走时，她又把孙小良叫到地下室出口，给了他一个信封，这是借你的 2500 元钱，还给你。

孙小良问，你还回来吗？

秋秋笑了笑，突然拥抱了一下孙小良，转身上了在等候她的出租车。孙小良清楚地看见，她上车后就掏出手绢擦眼泪。他的心头一热，眼睛被泪水模糊了。

当天晚上，孙瘸子郑重其事地把朱水、孙小良、马永城、魏宁叫到一起，表情十分沉痛地告诉他们说，秋秋和那个南方人大学生没散。

红宝马

那男孩一个月前查出得了什么病，手术得要几十万。他家在山区，特困难。秋秋现在就在医院陪着他……

魏宁紧皱眉头，一副百思不得其解的样子，说，秋秋图个啥？图个啥？

孙瘸子指了指脑袋，瞪着他说，人和人想得不一样。秋秋说那个男孩子特有理想，想做大事。

马永城不知是没听明白还是故意说给孙小良听，问道，胖子给了秋秋多少？

孙瘸子说，我听说胖子的那个小情妇怕秋秋闹出事，找秋秋要私了，给秋秋五十万，加一辆红宝马车，秋秋只要了那个男孩子的手术费钱。接着又叹了气，说，老天爷不公，世道不平，像秋秋……唉！

孙小良没有听下去，急忙走了出来。一出门，他的泪水就刷刷地流了下来。他觉得和秋秋比，自己太猥琐，太不像个男人。

第三天早上，孙小良也走了。他登上了一列南去的火车……

又过了几天，京报女孩来找孙小良，孙瘸子告诉她，那孩子走了。京报女孩问他是不是回老家了？孙瘸子摇摇头，沉思了一会儿才说，但愿他有个目标吧。

原载《清明》2012 年第 4 期

《小说选刊》2012 年第 7 期转载

红宝石

在一个社会里，假如人的尊严比不上黄金白银和珍珠玛瑙的亮色，生活在这个社会的人们会很无奈，很不安……

——本文女主人公的话

一

宋佳佳去机场的路上，一直都在和女儿冯蓓蓓斗嘴。

依着你坐飞机还不行，非得坐头等舱，两千多元钱够你外爷爷外奶奶吃几年肉了！她不停地嘟哝着，火车票还不到两百元。这不是烧包吗？

冯蓓蓓在家里就听妈妈埋怨，上了路又听妈妈唠叨个不停，心里

这时她才发现女儿脖子挂着的一枚食指和拇指环
扣大小，颜色像熟透了的樱桃一般艳红且色泽鲜润，
又如喷薄欲出的朝霞般极具穿透力，质地则水润莹
透，鲜活生动的红宝石。

生出几分不满。送她的是她中学时一位同学，虽然在她们母女之间没
插话，但唇边挂着一丝嘲讽的微笑。这让冯蓓蓓觉得很跌面子，于是
反驳道，飞机就是让人坐的，咱这地方建机场图个啥，还不是图个方
便。咱坐飞机也是为地方经济发展做贡献！

宋佳佳还是心疼那两千元钱，说，我一个月的工资加上乱七八糟
的收入也就刚到两千。你以后真在北京安了家，来一趟花两千，我还
敢来啊？

冯蓓蓓说，妈，我可没说在北京安家，我出国的手续快办好了。

宋佳佳说，那你以后就别要爹妈了。

冯蓓蓓说，哪能呢。等您和我爸退了休，我把你们都接过去。可
能怕宋佳佳再提那两千元钱的事，她又不屑一顾地说，妈您说的两百
元钱火车票农民工才买！

宋佳佳不高兴了。农民工怎么着！你爷爷你外爷爷他们和他们那
一代再往上不都是农民？你小舅现在也是农民工。

冯蓓蓓哼了一声，那还不是我老爸装廉洁。我小舅堂堂复员兵，
在部队还立过功。他肯活动活动，我小舅不能进机关事业单位，进个
正儿八经带编的单位还有问题？

宋佳佳听女儿说自己的丈夫装廉洁，真的生气了。她一伸手拧住
坐在副驾驶位子上的女儿的耳朵。女儿咧着嘴叫了一声疼，跟着转过
脖子瞅了她一眼。她的眼睛突然被强烈的光亮照得睁不开，这时她才
发现女儿脖子挂着的一枚食指和拇指环扣大小，颜色像熟透了的樱桃
一般艳红且色泽鲜润，又如喷薄欲出的朝霞般极具穿透力，质地则水
润莹透，鲜活生动的红宝石。她虽然不懂宝石，也能看出这枚樱桃红

般的东西价值不菲，尤其是戴在女儿细长、白皙的脖子上，给女儿凭添了几分娇贵和娇艳，同时又让女儿多了几分沉稳和淡定。她仿佛在哪儿见过这件饰物，却一时又想不起来。她想，也许是在电影电视剧中见过那些贵夫人、阔小姐戴着这样高贵的饰物吧。她本来不想追问，却又恋恋不舍地在手中把玩了一会。好东西养眼。

冯蓓蓓小心翼翼地拿在手上，轻轻摇了摇，得意洋洋地说，妈您听见没，里边有微微的响声，像小溪流水，又仿佛微风吹动树叶，悦耳动听。说完，又不无自豪地说，这是老坑的东西，可贵重呢。

她同学接上说，唏，那我用我的这辆宝马车给你换，你干不干？

冯蓓蓓哼了一声，做梦吧你！

宋佳佳感到惊奇，问，什么叫老坑？

冯蓓蓓唏了一声，这都不懂？简单点说老坑就是古代的坟墓。

宋佳佳急了，那坟墓的东西不就是死人戴过或陪葬的东西？你怎么戴这玩艺儿，不吉利！说着，伸手就要帮女儿摘下。

冯蓓蓓也急了，妈，你干嘛？这块红宝石叫鸽血红，是红宝石中最贵重、最顶级的，能在北京换一套三室两厅的大房子。你别给我摔碎了！稍后，又得意洋洋地说，红宝石的英文名叫 Ruby，在圣经中是所有宝石中最珍贵的。还有称它是不死鸟，说它象征着热情、爱情，永恒和坚贞。它不光是好看，还能健身，比如改善内分泌，加快血液循环，把人的气色变好，对肠胃的疗效更明显；能活化内脏，帮助排出身体中的毒素，舒缓肝病、风湿、神经痛等……

宋佳佳说，让你一说真成宝了！

冯蓓蓓说，那是当然，要不怎么会价值连城？

冯蓓蓓的同学在一旁插话，说，蓓蓓你这次回来，我看你气色明显比上几次见到的好，精神也爽快！

冯蓓蓓兴致来了，又介绍了一番红宝石的作用，什么平衡心理，减轻精神压力；什么维持身体与心灵和谐，让人博爱、忠诚、孝顺、勇敢；什么神佑幸福、平安、长寿。她说，我过去嫉妒心很强，就是见了个子比我高一点的女孩都愤愤不平。自从戴上它，唏，这嫉妒心慢慢消失了。

宋佳佳不想听女儿往下说，也不想当着女儿同学的面追问红宝石的来历，就接着刚才的话题说，蓓蓓我不许你贬低你爸。你爸怎么叫装廉洁。你爸就是廉洁，在咱们县，咱们市家喻户晓。他是全市的廉洁标兵。

冯蓓蓓说，妈您得了吧。我爸在副局长的位子上坐了快十年了，屁股都坐出茧子了。走了三任局长也没轮到他。听说他上边的局长马上退休，好像我爸还没有"转正"的希望！

她的同学接上说，冯叔冯局长是个打着灯笼也难找的好官。要说口碑在咱县真没人能比。可眼下这社会好人没好报，好官也没好报。不跑不送，原地不动；又跑又送，提拔重用。现在就那么回事。我手机收过一条短信，说广东有个市级贪官在法庭上公开喊，要是哪个科长说他的乌纱帽不是花钱买的，你们就枪毙我。看看，多猖獗！

冯蓓蓓不服气地又哼了一声，说，我爸想送也得有的送？

宋佳佳说，我和你爸很知足。祖祖辈辈当农民，到你爸这辈子当了副局长，不容易啦！

冯蓓蓓不高兴了。妈，瞧瞧你和我爸那点出息。县里的副局长怎么说也算个官，人家山西有的副科长在北京光房子都几十套！我要是指望我爸给我在北京买房子，那还不得学愚公，祖祖孙孙等下去……

冯蓓蓓的同学说，就说我想开发城西湖那块地盖别墅吧。西关街道办主任是冯叔的学生，只要冯叔打个招呼，面子会给的。蓓蓓帮我找过冯叔，我也找过冯叔。他说那里规划是建个大公园，县城几万老百姓休闲娱乐场所，不能只考虑有钱人的效益不考虑百姓的利益，硬是把我拒了。结果怎么的，人家汪大天找领导照批，就这一个项目挣了一个亿！他伸出一根手指头晃了晃，扭头看冯蓓蓓一眼，要是咱拿到手，挣一个亿怎么也得有你蓓蓓两千万！

宋佳佳急了，不顾情面地对冯蓓蓓的同学说，你可不能害俺家蓓蓓。她想站起来，头咣当一声顶在车顶上，疼得直咧咧嘴，蓓蓓，你爸爸和我给你多次说过，钱不是什么好东西，钱多了会害人。

冯蓓蓓说，钱少了更会害人。那些犯抢劫罪偷盗罪的有百万富翁千万富翁吗？都是些没钱的人。

宋佳佳说钱得自己挣，花了才踏实。别人的钱，一分也不能拿。

我花我老公的钱没问题吧！冯蓓蓓不耐烦地说。她不等宋佳佳开口，赶快用话堵住。妈，您又要给我上政治课不是？别逼我，不然我要跳下去了！说完，她找了个话题，和她同学聊起中学时代的事情来。这一下宋佳佳插不上话了。她闭着嘴巴，一直到机场都一言不发。

宋佳佳是第一次坐飞机出远门。女儿在北京读大学四年，大学毕业后参加工作也已两年。这六年中，她到北京看过女儿三次，都是坐火车来回，其中有一次赶上国庆长假，她来回都没买上卧铺。女儿劝她晚走一天，她没同意。她说我是班主任，开学第一天同学见不到我，

红宝石

我就是失职。女儿送她上车时，车厢里挤得水泄不通。好不容易挤到车上，女儿给她新买的一顶绒线帽子不翼而飞，气得女儿哭了一场，哭得很伤心。她说等我参加工作有了钱，先让你坐飞机在天上转一圈。女儿还给她丈夫冯军发了条短信，埋怨他太抠。一个局长的夫人买站票同农民工挤在一起，你这个当局长的脸上有光！

冯军接到女儿的信息后回了条短信：与农民工挤在一起才更能了解民情。谁规定局长夫人坐火车就得享受卧铺？他本想和女儿幽默一把，却弄巧成拙，女儿气得几天没接他的电话。

宋佳佳所在县是国家级贫困县，财政支出主要靠上级转移支付。冯蓓蓓上小学和中学时，她和冯军两个人每月工资加起来不到两千。冯军的老母亲还健在，和他们住在一起。老人家是农村户口，生病吃药都没地方报销。她的父母也都健在，住在乡下，平时的零用钱和红白喜事来往的大钱也是她给。一家六口人就靠着他们俩口子的工资，日子过得紧紧巴巴。女儿到北京上大学那年，他和冯军的工资增加了一千多元。这增加的一千多元扣除物价上涨的部分，全都给女儿用还不够。女儿大二那年就打算出国，报名参加了几个补习班，都需用钱，所以女儿第一年暑假就没回家，在北京找了家公司打工。虽然宋佳佳和冯军有时也会生出对女儿的愧疚感，但一想到家庭平安，也就自我安慰了。

冯军多年来对自己要求一直很严格。冯蓓蓓上初中时，想转个离家近、好一点的学校，他对女儿说，有本事你就考过去，我不能给你开后门和偏门放你进去。他和宋佳佳的中学同学汪大天想把孩子送进好点的学校，提了两万元钱登门找他，被他严厉批评了一顿。每年小升初、初中升高中以及高考的阶段，他的办公室和家里总是车水马龙，人来人往，有他和宋佳佳的七大姑八大姨、七大姑八大姨的七大姑八大姨，有他们小学、初中、高中、大学的同学，还有县机关各个部委办局、各乡镇的负责人……那一段时间，也是他精神高度紧张的时期。再往后，到了那个阶段，他就掐断家中的电话，每天回到家就关手机。他对妻子和女儿订了约法三章，除了自家直系亲属，任何人不能让进家门，有事到办公室去谈；任何人，在任何地方送礼送钱都不能收；逢年过节，全家三口一起去乡下陪父母，省得有人登门送礼。他对妻子女儿也不讲什么大道理，只简简单单一句话，犯罪的事我不沾。就为这，冯军和宋佳佳得罪了不少人，有的是至亲好友。

进了头等舱休息室，年轻漂亮的服务员递上茶水。宋佳佳四下看了一眼，觉得好奇，蓓蓓，飞机上不是说能坐一二百人吗，怎么就这几个候机的？女儿哭笑不得，说，妈你真是刘姥姥进大观园。飞机能坐一二百人，可咱这种机型头等舱只有八个座位。

宋佳佳说，哪咱不是搞特殊化了？冯蓓蓓理直气壮地回答，咱花得就是特殊化的钱。又说，妈您烦不烦，又不要您掏腰包，您有必要心疼得跟割肉似的吗。说完，走到一边打电话去了。宋佳佳不知女儿和谁通话，但从她眉飞色舞，时而格格格大笑，时而抿着嘴笑，一脸得意和幸福，猜测八成是和男朋友通话。宋佳佳心里甜滋滋的。女儿终于有了归宿，而且看得出对男方很满意，这对做父母来说是莫大的宽慰。她这次去北京就是代表冯军，准确地说是代表女方家庭和男的见面。冯军的意思很明确，你们结婚办婚礼在北京办，我和你妈争取参加。只有宋佳佳了解冯军的心情。如果女儿回家办婚礼，教育局副你女儿这么漂亮，往校园里一站，就是一道风景；从大街上走过，就是一道彩虹。天天有人追，听大课有人递纸条，上食堂吃饭有人往身边挤，就连上厕所都有人在过道上等着套近乎……

局长女儿的婚礼，参加的人一定不在少数，那些平时钻窟窿打洞都想和他攀上的，能放过这样的机会？报纸电视上经常报道领导利用子女婚礼收受礼金受到处分的例子。冯军还是不想给那些人留机会。

女儿冯蓓蓓大二那年开始谈恋爱。追她的是外地一个市长的儿子。女儿不好给父亲讲，就给她说。她开始不同意，说你刚上大学就谈恋爱，影响学习。女儿说我要不恋爱才影响学习呢！你女儿这么漂亮，往校园里一站，就是一道风景；从大街上走过，就是一道彩虹。天天有人追，听大课有人递纸条，上食堂吃饭有人往身边挤，就连上厕所都有人在过道上等着套近乎……天天弄得哭笑不得，不更影响学习？她无可奈何同意了。不同意又有什么办法？过了几天，她没接到女儿电话，打到宿舍一问，同宿舍的女孩告诉她冯蓓蓓经常不住宿舍。她给女儿打电话责备女儿，女儿坦诚地告诉她和男朋友在外开房间。妈，你看看你，这有什么大惊小怪的。不就那么回事吗？

不到半年，女儿和那个市长的儿子吹了。女儿告诉她的理由是，那个市长的儿子太霸道太张扬，花钱大手大脚，让她没有安全感。冯蓓蓓说，有一回出去吃饭，他点菜时，服务员女孩漏记了一道菜，他就冲那女孩发火，还说了句我爸是市长！妈您看这种男人靠谱吗？她对女儿说，你做得对，往后你就好好学习吧。

女儿的第二个男朋友是大四那年谈的，没有多久也分手了。那男孩子在北京找不到工作，也落不了北京户口，只好回老家去了。冯蓓蓓告诉她，我反正不跟他回他那老家。我从县城考到北京，毕业了又到一个县城，那不是原地踏步走？

冯蓓蓓大学毕业后，在北京一家国有企业上班。上班后不久又谈了恋爱。那个男孩子她去北京时见过，长相英俊，性格温和，工作也很上进，尤其是对冯蓓蓓好。女人对爱情的敏感性强，女儿掩饰不住的幸福感，常常通过电波让她深切感受到了。她当然高兴，给冯军一说，冯军也满意。过了不到半年，女儿又不满意了，先是在电话中埋怨那个男孩子抠门，她花自己的钱买了部新手机，他还不高兴。接下来又说房子问题、车子问题，一次次地埋怨男孩家里穷。他家在农村，父母就他一个儿子。他每月工资都要往家寄。她说这最好了，说明这孩子孝顺。现在这样孝顺父母的孩子打着灯笼也不好找。冯蓓蓓说我和他结婚，到哪年哪月才能买得起房子买得起车子，又到哪儿找钱出国？我们单位的女孩凡是找老板的，都买房买了车，哪像我天天挤公交坐地铁。妈你没看公交车上男人看我的目光。

宋佳佳劝女儿说，不就是色吗？你这么漂亮女孩让人多看一眼，还能把你吃了。

女儿说，妈你说什么呀！那些男人目光像刀子，不吃人也扎人。他们一定在想，这么漂亮的女孩挤公交车，不是生理上有缺陷就是性格不好。

宋佳佳对冯军说女儿变了。冯军倒表示理解。他说女儿的本质没变，就是现实一些。她想有套房子也不算过分吧。

女儿最终和那个男的分手了。女儿很长时间都没从痛苦中摆脱出来。一提那个男孩就哭，说世道不公，那么好的男孩，几乎没缺点，就一个缺点：穷！现在的女孩，尤其像你女儿这样漂亮的女孩，哪个能接受这个缺点！

现在好了，女儿终于找到一个称心如意的男朋友。女儿每次在电话中都夸他，说对她如何如何好，如何如何体贴她。恋爱不久，他就给女儿买了辆车，还买了一套三室两厅的房子准备结婚用。她心里七上八下，问冯军这样合适吗？冯军倒是很开明，说人家地地道道，正正经经做生意，钱是自己挣的，没啥。她心里才踏实一些。但是，过了一段时间，冯军也觉得有点不踏实了，女儿从不告诉他俩这个男朋友是什么地方人，多大岁数，从事什么职业。每次她问到这些，女儿都像大街上经常碰到交通管制绕道行走一样给绕开了，实在绕不开，也就不耐烦地回答，你总得见吧，见了你不就知道了，还用我描述吗？有一天夜里，她一觉醒来，忐忑不安地问冯军，咱闺女不会找了个腐败分子的儿子吧？

冯军抚摸着她被恶梦惊吓得出汗而潮湿了的头发，说，那就见一见呗。

婚姻大事岂能儿戏！这回到了北京见了蓓蓓的男朋友，一定得摸摸底。宋佳佳心里想。

飞机起飞后，空姐过来问吃什么东西，冯蓓蓓点了两碗牛肉面。宋佳佳忙拒绝说不饿，回头责备女儿，飞机上的东西多贵，能省就省吧。冯蓓蓓说这是飞机上送的，每个乘客都有。她才心安理得地吃了。

大约过了半个小时，她忽然感到胸闷，头也有点儿晕。她竭力装作若无其事的样子，借口上卫生间。进了卫生间，她哇地吐了一口痰，发现痰里带着血丝。她的头又涨大了。这半年，她几次出现痰里带血丝的情况，但她一直没去检查。她怕万一查出个大病拖累丈夫和女儿。

正是华灯初上时分，小区里灯光中的楼台亭阁，小桥流水别有一番情致，各种名贵的树木散发着阵阵清香，沁人心脾。

二

宋佳佳原以为女儿的男朋友会到机场接她们，在那儿可以见到未来的女婿。然而，迎接她和冯蓓蓓的是女儿男朋友公司的司机小张。小张开得是一辆奔驰吉普车。他告诉冯蓓蓓，老板到国外去了，还要两天才回来。冯蓓蓓不高兴了，骂了句，这孙子又去尽孝了。

宋佳佳问小张，你们老板是外国人，还是父母亲在国外？

小张看了冯蓓蓓一眼，冯蓓蓓抢着回答说，他老娘在国外，出去几年了。小张笑了笑没有说话。

冯蓓蓓住在北京东三环一个高档小区里。正是华灯初上时分，小区里灯光中的楼台亭阁，小桥流水别有一番情致，各种名贵的树木散发着阵阵清香，沁人心脾。上楼之前，冯蓓蓓先拉着宋佳佳在小区里转悠了一圈，说是让她参观参观，了解一下富人住得天堂到底是什么样子。她告诉宋佳佳，这个小区在北京算顶级小区，一半以上的住户是外地老板。她随口讲了一个小段子：街道计划生育办的工作人员来小区调研，到了大门口被保安拦住了。他们说是来调研计划生育的，保安说俺们这小区没有几户在北京落户口，生得孩子也不算北京人。

你男朋友是哪里人？宋佳佳顺便问了一句。

冯蓓蓓紧张得松开宋佳佳的手，埋怨说，妈，您别老是穷追不舍地问这问哪好不好？有话您见了他的面再问。

一进房间，宋佳佳惊讶地睁大了眼睛。她的学生中不乏老板的子女，有的在当地响当当的首富，住着宽敞的别墅。作为老师，她去他们家中做过家访，从来没见过有冯蓓蓓这套房子那么大的客厅，如果以冯军那样一个副局长六十多平米的房子比，眼前的客厅就比她们家的房子大几倍，装修得更是富丽堂皇，假山、草坪、瀑布、金鱼池……客厅简直就是一座空中花园。客厅里摆放的东西有些她不仅没见过，连名字也没听说过，和客厅相连的是餐厅，光一人多高的双开门冰箱就有四组，仿佛一个小冷库……

这，这得花多少钱？宋佳佳问。

我们这算不上豪华装修，加上家电家具也就花了不到 200 万。冯蓓蓓一边给妈妈倒水一边说，我一个同事家光装修就花了上千万。妈您知道吗，她家的家具全是檀香木的，贵着呢！进了她家的屋子就像进了公园，香气直往你肺腑里钻，味道可好闻了。

宋佳佳百思不得其解，疑惑地问，不是说北京寸土寸金吗？让一个家庭住那么大，睡觉还不是一张床，浪费！

冯蓓蓓扑哧笑了，妈，那轮得到您忧国忧民，当领导的能不比您算得清楚。这也是拉动内需！

宋佳佳见女儿端上来的杯子里放着几根像草一样的东西，端在手上看了又看，问，这是什么茶，我怎么看像草根。

冯蓓蓓又乐了，说，妈，这是草，不过叫冬虫夏草！

宋佳佳一惊，那不是生长在青藏高原的一种名贵植物吗？

冯蓓蓓说，妈您连这也知道，不简单呢。

宋佳佳说，我是听人说的，一根几十元，比黄金价格还贵。你当茶喝？她说着，身上像起了一层鸡皮疙瘩般又疼又痒，忍不住问女儿，你男朋友是什么地方人，到底做什么事的？

冯蓓蓓看了她一眼，怎么，查户口？

宋佳佳说，你不给妈说清楚，妈这心里老是七上八下。

冯蓓蓓坐到她旁边，搂着她的脖子，妈，您就放心吧。你女儿的眼光能差了吗？他在山西开煤矿。

煤老板？宋佳佳听到这个敏感的词，身子如同触电一样弹了一下。她推开女儿站了起来。这些年报纸上，电视里对煤老板的报道她看了不少。有的矿难发生后，煤老板把井口一填，连人也不救；有的为了占地挖煤，对反对拆迁的老百姓动用黑社会恐吓甚至殴打……一批批官员因为煤老板行贿倒下。她和冯军的中学同学汪大天，从小就爱打架，人长得五大三粗，到上中学了，擦鼻涕还用袖子去抹。老师嘲讽他，说他的袖口可以让剃头匠用来磨剃头刀用。农村的剃头匠，一头挑个生火烧热水的炉子，一头挑个装理发工具用的箱子，上边挂一条黑黑油油的布，就是磨剃头刀用的。汪大天的衣袖就那种样子。到了夏天，他戴的短衬衣没有袖子，就用大拇指和食指挟着鼻梁弄出鼻涕后朝裤子上一抹，或者朝地上一甩。她和一些女同学见了汪大天就感到恶心、害怕，离他远远的，有时宁肯多走几步路也绕开他，生怕他那把鼻涕甩在自己衣服上。

就是那个汪大天，不知天高地厚，给她写过求爱信，她连看也没看就交给了老师。前些年听别的同学说他跑山西开煤矿去了。有一年他回去，想找冯军这个老同学办事，进门就扔盒茶叶，里边装着2万元人民币。冯军当即把他批评一顿，让他带了回去。她和很多人一样，对煤老板的印象极差。她毫不客气地对女儿说，煤老板再有钱也不行。万一发生了矿难，不光害了别人也会连累你。再说，那，那也不算个正儿八经的职业。

红宝石

冯蓓蓓说，人和人不一样。我男朋友就不是社会上唾骂的那种暴发户式的煤老板，他是文化人，博士呢。他几年前就到北京来发展，买了房买了车还买了一栋写字楼，转行从事文化传媒业了。他投资的电影电视剧都在拍，明年都能上映。一些大导演、大腕都是他朋友。他在山西那边的几个矿正在卖。她边说边走到钢琴边，打开钢琴，说，他还会谱曲。北京奥运会征集会歌，他还投了稿。虽然没被采用，但有位专家评价说有一定的基础和修养。说着，她就弹奏了一首曲子，还高兴地哼着。宋佳佳没等听完就说，这曲子听起来怎么那样熟悉？像咱老家流传的一首民间歌谣？

冯蓓蓓乐了，妈你这是在变相表扬他。说明你喜欢这个曲子。我一会打电话告诉他，他保准得高兴。

冯蓓蓓打开冰箱，弯腰摆出个请的姿势。妈，您喝点什么，牛奶，果汁，啤酒，矿泉水，还是吃点苹果，纯日本进口的；柚子，海南产的；榴莲……

宋佳佳哇了一声，你这可以开冷饮店了。

冯蓓蓓问宋佳佳饿不饿？宋佳佳点点头说，咱下点方便面吃吧。冯蓓蓓说，咱到外边吃，妈我带你去鬼街。

宋佳佳吓了一跳，鬼街？冯蓓蓓抱着她，笑得直不起腰。妈，簋街是北京最有名的小吃街之一。这么给你说吧，你到那儿肯定能碰到不少熟悉的面孔。

宋佳佳说，我在北京又不认识什么人，怎么会碰到熟悉的面孔？冯蓓蓓指着正在播放的电视剧中的女主人公说，是这些熟悉的面孔！他们经常在那儿泡。宋佳佳给了女儿一拳头，鬼丫头，净拿你妈开涮。

母女俩说笑着上了电梯。这是一部观光电梯，从 22 楼下行，远远
近近的夜景尽收眼底。冯蓓蓓告诉宋佳佳，他开始买房时，要买底层
带花园的，我没同意。我说住得高看得远，住在高层，整个小区整个
北京都是咱家花园。土帽！

她的话又把宋佳佳逗笑了。哪能这样说人家！两个人要想过得好，
就得互相尊重，尊重是感情的基础。

冯蓓蓓说屁！什么感情？我又没打算……她发现自己要说漏嘴，
又赶忙改了口，好就一块过，不好就拜拜！

宋佳佳愣了，指了指女儿的额头，这事能那么轻率啊？她和丈夫
冯军结婚已经 26 年，婚后第二年生下的冯蓓蓓。这么多年来，夫妻俩
一直相敬如宾，没有红过脸。尽管日子过得清苦，但夫妻间恩恩爱爱
的生活让双方感到满足。对于宋佳佳这一代人来说，爱是至高无上的。
她怎么也想不到，到了女儿这一代，两人之间的感情已不是那么重要。

电梯中间停了一下，上来一对男女，旁若无人地搂抱着亲嘴。女
的不知是真的因身体某个部位受了刺激，还是故意寻找刺激，喉咙里
嗯，嗯，嗯地冒着声音，像呻吟，又像漏风。宋佳佳虽然脸朝观光玻
璃外，但那两人反射到玻璃窗上的亲密的身影和夸张的动作看得一清
二楚。不知是被那两个人的动作气的还是晕梯，反正她觉得有点晕，
微微闭上了眼睛。那一对男女也是到地下停车场。男的去开车时，宋
佳佳忍不住又看了那个男的一眼，见他满脸岁月苍桑，看上去比她家
冯军的年纪还要大，而那个女的也就是女儿相仿的年龄。这算什么关
系？是电视剧里常见的男人包养二奶还是真的夫妻？上车后，她发自
内心地用鄙夷的目光看了那对男女一眼。

红宝石

　　冯蓓蓓了解妈妈的性格。她从来不轻易说别人的坏话，对不关心的人和事也只是通过神情表达出来。她把车子驶出地库，上了马路才一手握着方向盘，一手抚摸着妈的手，劝导地说，妈，这有什么大惊小怪的，值得让你生气！自古至今都是美女爱英雄，只不过对英雄的要求和标准不同，现在流行找事业有成的大男人。一方面可以减少自己的生存压力，一方面享受父亲般的关爱。

　　宋佳佳白了女儿一眼，那就不要爱情了？

　　冯蓓蓓笑噎了，妈，都什么年代了还爱情呢！这世上有真正的爱情吗？就算是有，爱情又有多大价值。你可以找个和我这样年龄的女孩问问，一个爱你但没房没车的男人，一个你不爱但是有房有车的男人，她会选择哪一个？她一定会告诉你选择第二个。

　　宋佳佳不想和女儿争辩。她看过一些相亲类的电视节目，有些女孩子面对成千上万的观众直陈自己的婚姻观，就是女儿现在说的。她曾不解地对冯军说，都怎么稿的，像这样的节目也能全国直播，想教孩子们什么东西呢？冯军也只是摇头叹气，说，老师辛苦一年的教育，不如电视一个广告节目对孩子的影响……

　　冯蓓蓓的车速越来越慢，有点儿像蜗牛爬行。她指着前边说，我靠，又塞车了。这都什么点了，下班高峰早过了。她使劲按着喇叭。她一按，后边被堵的车也积极响应，一时间喇叭声喧天。宋佳佳觉得刺耳，忙用手把耳朵捂上。又过了几分钟，前边仍不见缓解。冯蓓蓓气得骂了几句脏话。下车就向人群里走。宋佳佳不放心，追着下了车，拉着女儿的胳膊劝她不要多管闲事。你一个女孩家逞什么能。万一沾你身上，你洗都洗不净。冯蓓蓓说路见不平一声吼！是血溅一身我也得从容不迫！说着，她返身熄了火，锁了车，使着劲儿往人群中间挤。

其实，马路上发生的是一个很不起眼的交通事故。一个骑三轮车收破烂的，车上装得太满，有几张旧纸箱拆了后的纸板拦得太宽，过十字路口时与一辆拉煤气罐的三轮车碰了一下，双方都没有损失，也无人员受伤，但两个人都是年轻人，不知在哪儿遇到不顺事，心里正火着，就吵吵起来。这一吵引来不少人围观，交通倒真的堵塞了。冯蓓蓓和宋佳佳挤进去后，两个年轻人还在你指着我，我指着你地对吵，唾沫星四处飞溅。听两人的口音都是河南的。冯蓓蓓往两人中间一站，大发雷霆，你们吵吵什么，让这么多人听你们吵架有意思吗？要真有气没地方出就动手啊！你车上不是拉的煤气罐吗，点了它，看看到底谁不怕死！她的话一落音，周围人群中响起一片呼应声，有的说抄家伙动手！有的说点煤气罐，我这儿有打火机。那两个年轻人互相对视了一眼，各自骑上自己的三轮车走了。围观的人中有人说冯蓓蓓厉害，比警察还牛。

上了车，宋佳佳批评女儿，你怎么那样说人家，就不怕那两人对你来？

冯蓓蓓拍了拍胸脯，就我这行头，这气势，他两个农民工敢对我怎么着！她一挺胸，脖子也直了，露出那块宋佳佳觉得眼熟的红宝石。

宋佳佳说，你别一口一个农民工，我和你爸对农民工这个称呼都觉得刺耳，农民就是农民，工人就是工人，农民当了工人就是工人。农民工不伦不类，有点儿污辱人。

冯蓓蓓说，妈你拉倒吧。你以为农民工值得同情。是，大多数农民工默默无闻奉献，给城市带来了文明和富裕，让人尊敬，但也有不少农民工让人烦。就说我单位聘用的打扫卫生的农民工吧，刚来见了谁都是笑脸相迎，热情得不得了。过了几天，她弄清谁的职务高低了，态度也就不同对待了。还有刚才那两个，听口音不近不远，又都在北京打工，同是天涯沦落人，何必相煎？宋佳佳觉得女儿这句话听起来还顺耳，点了点头，是呀，这些孩子遇事怎么就不能好好说呢！

冯蓓蓓接上说，妈，你看现在年轻人的出息了吧，就那两下子。我认识的几个姐妹都不愿找同龄人做老公。就说我们同学——她发现妈妈的目光很警觉，赶忙说，现在都称老公，我是说我老公对我好。宋佳佳好像感觉不对劲，又挑不出女儿话中的毛病，小心翼翼地问，你不会是也找了个和在电梯里见过那样的吧？

冯蓓蓓沉默了一会，我倒是希望他像人家那样。可这孙子就是不见老，比我刚认识他时还年轻了几岁。

宋佳佳笑了，哪有盼着自己丈夫老的？

冯蓓蓓说，老是魅力啊！你看我爸，往那儿一站，成熟、稳重、学者风范——

宋佳佳推了女儿一把，得，得，别那么疹人，我都起鸡皮疙瘩了！

冯蓓蓓突然想到了什么，掏出手机，一边拨号一边说，我得给老公打个电话。他有半天没和我通话了。这孙子人长得不咋地，但是有钱，身边一群群苍蝇围着屎壳郎一样的漂亮女孩。

宋佳佳看了看手表，说你这才两个小时就想，还说没有爱情。

冯蓓蓓伸了下舌头，妈，你别吓我好不好。又是爱情，哪来哪么多爱情。我是怕他给别的女孩花钱。他给别的女孩多花一分，我就得少得一分。这时，对方手机已经接通，她忽然想起了什么，警觉地看了宋佳佳一眼，把拿手机的右手和握方向盘的左手换了一下，这样，手机与坐在她旁边的宋佳佳距离又远了一点。宋佳佳听她接通电话先骂了一句，我操你个大爷！生气地瞪了她一眼，又拍了拍她的后脑勺。冯蓓蓓若无所事，还是骂骂咧咧，你大爷的你还要两三天才回来？是不是你那个心被哪个银环拴住了？我告诉你啊，我妈来了。我得带我妈去逛街、吃饭、购物、美容，还得做体检。你快给我卡上打十万元钱！宋佳佳越听越不舒服。干什么打着我的旗号要那么多钱，吃什么购什么衣服要十万？不知对方说了句什么，冯蓓蓓愣了一下，说红宝石在我脖子上戴着啊！不信你问问我妈！说完她向宋佳佳扮了个鬼脸。宋佳佳这下明白了，女儿脖子上那个红宝石是男朋友送的。

宋佳佳听不见对方的话，只能从冯蓓蓓的话中判断对方话中的内容。她听见冯蓓蓓低声说，你放心，我会让她缴械投降！心里有些犯嘀咕：弄啥呢，神神秘秘，还缴械投降，跟打仗似的？

冯蓓蓓这个电话打了一路子。宋佳佳在旁边听着，一会儿觉得别别扭扭，一会儿觉得腻腻歪歪，反正心里不舒服。

吃完饭，女儿又拉她到商场购物。一开始，她看什么都嫌贵，冯蓓蓓急了，让她坐在顾客休息的沙发上等。等了大约一小时，女儿大包小包提了十几个出来，有衣服、有鞋子、有化妆品，足足花了三万多。她看着那些东西，心里特别难受，提在手上也觉得有千钧重负。

晚上回到家，趁着女儿洗澡的功夫，她给冯军通了个电话，简单说了自己对女儿言谈举止的感受。她说我觉得咱闺女变了一个人，变得让我有点陌生，有点发怵。冯军沉默了一会儿，也觉得女儿有点儿怪怪的。不过，他不相信女儿会让他失望。反过来劝慰宋佳佳说，咱也不能用咱年轻时候的经历来要求女儿。毕竟时代不同，环境不同，接触的人和文化理念不同……

三

冯军对女儿的自信是有根据有理由的。

他是大学毕业那年和宋佳佳结的婚。当时他所在的县县城还很破旧，一条狭窄的主街被当地人称为屁街，意思是说街这头放个屁，街那头都听得清楚。虽说这是民间夸张了的说法，但足见县城之小。整个县城没有几座楼房，最高的邮政大楼也只有三层。县委，县政府办公大院基本是平房，只有县委办政府办是三层的楼房。他结婚时，单位腾出一间车库给他做新房，炒菜做饭都在这十几平米的房子里。婚后第二年，女儿冯蓓蓓就出生在这间平房里。女儿大一那年寒假回来，宋佳佳带女儿经过那里，那里正准备拆迁。冯蓓蓓回家对他说，爸，我看了诞生你伟大女儿的地方，挺不错的。我大学毕业要是能在北京有这么一间房就心满意足了！

冯蓓蓓上小学那年，县城已经发生了天翻地覆的变化，街道像一个瘦子吃成了胖子，略显有些臃肿。高楼也多起来，最高的十五层。冯军在县委办当了科长，家也搬到了新盖的县委宿舍楼的两居室里。那时，有钱的人也多起来。有一天，宋佳佳上街道买菜，看见十字路口一块醒目的广告牌上10位全县致富典型的大照片，其中一个是她和冯军的高中同学汪大天。汪大天春风满面，得意洋洋，胸前的大红花把原本黑土似的脸映得红光照人。

他们上中学时，阶级斗争还天天讲。汪大天因为家庭出身不好，整天一副可怜巴巴的样子，走路都挨着墙根，见人先咧着嘴笑，平时不显山不露水，也不爱讲话，和根正苗红的同学走对面，不是把目光转向一边就是低着头，尤其是对冯军，宋佳佳这样佩戴着红卫兵袖章的学生，他更是退避三舍。宋佳佳的心眼好，除了见他想擦鼻涕，赶忙躲开，平时并没有因为他出身不好对他冷眼。有一回，县大礼堂放映反击右倾翻案风的电影《欢腾的小凉河》，明确限制出身不好的学生不发票。宋佳佳不想看那个电影，就把票给了汪大天。汪大天感动地眼泪鼻涕流过了嘴巴。也就那张电影票，让汪大天产生了幻觉，以为宋佳佳对自己"好"。几天后给她写了长达20多页的求爱信……那时，农村中学实行住校，学生自带干粮在食堂里免费加工。宋佳佳家庭条件与其他同学相比不上不下，经常带的是粗粮，每顿饭喝两分钱一碗的白菜汤。有一天她发现书里夹了一张五毛钱的菜票，觉得很奇怪，就交给了老师。正好食堂发现有一张五毛的菜票被盗。这样，追来追去追到了汪大天那里。汪大天受了处分，她却受到了表扬。那时她才知道那张菜票是汪大天夹在她书里的。

他们中学毕业那年正赶上恢复高考，冯军考上了省城的大学，宋佳佳考上了地区师专，汪大天数学英语考了两个零分，一时传为笑柄，被人称为二旦，汪二旦的外号就是从那时传开的。后来，宋佳佳听同学说汪大天回家后一天农活也没干，就去她上师专的地区所在的城市卖苹果了。有一天，她和两个同学上街，听到路边小摊有人大呼小叫买苹果喽，买苹果喽！她听着声音熟悉，抬头看了好大会儿，才认出那个光着膀子喊叫的人是汪大天。大概是她上师专第二个学年的一天放学后，传达室捎信叫宋佳佳去一趟，说有人带东西给她。她到后，传达室老师递给她一纸箱苹果，说是一个小伙子送来让交给她的。传

红宝石

达室说学校有规定，不让外边人进，他还挺不高兴。走时，我问他贵姓，他回答，你见了宋佳佳指指天她就明白了。宋佳佳马上想到是汪大天。她多年后还记得，纸箱里一共有十八只苹果，都是经过挑选的，个头很大，红彤彤的，像被朝霞染红了的孩子的脸。她突然想起，那天是她十八岁的生日。不过，尽管她对汪大天有些感激，也同时有些不安。这苹果是集体的，汪大天是花钱买下的还是偷拿的？因为无法和汪大天联系，她没敢动那些苹果，一直到苹果放烂了，倒进了垃圾桶。不久，冯军和宋佳佳建立了恋爱关系，假期走到一起时，两人还偷吃了禁果。

宋佳佳师专快毕业时，汪大天又找过她一次。那一次汪大天请她在学院附近一个小饭店吃饭。那时的汪大天手头已经宽绰了。他开了一辆大卡车，说是自家买的。他的穿戴也发生了"革命"：上身着一件白衬衣，还打了条领带。不过，那件白衬衣的领子几乎变成了黑色，胸前还有几滴鼻涕的印迹，领带打得也不标准，和小时候系红领巾一样形状。就要分手时，汪大天从包里掏出一只环状的红色饰品，说是他奶奶的奶奶传下来的，是老坑的东西，好几百年了，很值钱。那些年地富反坏右受管制，他奶奶没敢拿出来戴。他奶奶说一定要送给最亲的人。宋佳佳只匆匆看了一眼。她说，我和冯军已经确定关系，等他大学毕业我们就结婚。汪大天一愣，那小子有什么，上大学又怎么样？宋佳佳笑笑没有说话。汪大天劝她重新考虑，她断然拒绝了。又过了两个礼拜，汪大天再次上门找她，公开提出要和她处对象，她生气地转身就走，没再理他。直到她和冯军婚后两个月的一天晚上，冯军回家来告诉她，汪大天出事了，投机倒把被抓了，判了三年徒刑。

没想到他出狱后短短几年时间，成了县城响当当的老板。宋佳佳问冯军，汪大天到底做什么生意，怎么像变戏法似的那么快就发家致富。冯军笑笑，那我可要问神仙了！

冯蓓蓓的同学中有一些像汪大天那样，当时称作个体户家的孩子。有些孩子事事处处都表现得比别的孩子优越，上学和放学有车接送，穿得用的不是外国货就是广东深圳或者福建带过来的。冯军是县委办的科长，宋佳佳是教师，女儿上学的时间两人还可以轮流去送，但接孩子的时间就无法保证。冯军经常陪领导下乡。有时领导下乡早出晚归，总不能请假去学校接孩子？宋佳佳是班主任老师，带的是毕业班，学校为了争先进，要求毕业班多加两节课，她每天回到家也很晚了。这样，冯蓓蓓上学和放学都是自己走。县城那时只开通一条公交线路，高峰时人山人海，一个小孩子根本就挤不上去。有两次下雨，冯蓓蓓挤车时连鞋子都挤掉了。她回到家也没告诉爸爸妈妈。后来她有一篇作文在全县小学生作文比赛中获奖，题目是《寻找雷锋叔叔》，喊出了和她有过同样乘车经历的小朋友的心声，宋佳佳才知道女儿受到过的委屈。

冯军对女儿的评价是：懂事，省心。她放学回到家，第一件事是做作业，不管爸爸妈妈在不在家，她不会去开电视机，以至于到小学毕业还不知电视机的开关在什么地方，让她大舅的女儿嘲弄了一番。爸爸妈妈回家晚了，她从来不吵不闹不埋怨，有时自己端着饭盒到一墙之隔的县委机关食堂排队打饭。县委机关食堂的师傅以及县委机关不少同志都认识这位衣着朴素，脸蛋像阳光般清纯的女孩。有一次也是下雨，食堂的台阶滑，她一步踏空摔倒在台阶下边，饭菜撒了一地。食堂的几个师傅赶紧丢下手中的活跑出来扶她，几个机关的同志抢着为她再打一份饭菜。当时的县委书记正巧去食堂吃饭，看到了这一幕，亲切地问她，小姑娘，你的腿磕破了，饭菜都撒了，怎么没听你哭一声。她的眼泪在眼眶里转圈，紧闭着嘴唇没有回答。县委书记得知是冯军的女儿，第二天上班时把冯军叫到办公室，夸奖她女儿坚强，这么小的孩子就这样有出息，今后是个好苗子。县委书记还说他昨晚看见冯蓓蓓穿得是运动鞋，说雨天得让孩子穿胶鞋。县委书记拿出了一双红色防滑胶鞋，冯军，给你女儿说大大送她的，让她今后踏踏实实地走路。

　　冯蓓蓓上高中那年下半学期，冯军出任教育局副局长。任命一公布，他办公室电话、手机电话都被打爆了。然而，他一直想接的电话并没有打来，因为那天是周日，女儿蓓蓓在家，他想如果蓓蓓打电话来祝贺，他会告诉她，应该接受祝贺的是咱们一家，爸爸今天的成就里也有你这个女儿的功劳。宋佳佳在学校给学生补功课，下课后打电话来，第一句话就问我的祝贺晚了吧？接着就问女儿打没打电话，冯军沮丧地回答没有。宋佳佳过一会打电话来，说家里电话一直没人接。宋佳佳匆匆忙忙赶回家，一会儿打过电话告诉他，你宝贝闺女在家学习呢！她说给家中打电话的人多，影响她学习，她把电话连接线拔了。冯军听了长长舒了口气，继尔笑着对宋佳佳说，咱闺女在做我的义务监护人！你替我谢谢她！

　　第二天晚上，冯蓓蓓和奶奶在家，家中来了一位不速之客。这人就是汪大天，他说来祝贺老同学荣升副局长。临走，又留下一个装着两万元钱的信封，说是让老同学改善家庭环境装修用的。他说，都副局长了，哪个局有教育局管得人多？家里来个客人总得有个地方坐！他还送给老太太一件东西，说是他奶奶的奶奶传下来的。冯蓓蓓坚持让他把钱和东西带回去。冯蓓蓓说，叔叔你要是不带回去，我就报警，说你拉拢腐蚀领导。汪大天灰溜溜地走了。冯军和宋佳佳回来后都表扬了女儿。冯蓓蓓对汪大天的印象极差，呸，送礼还那么不要脸！

不久，县里一位副局长因经济犯罪案发，宋佳佳和冯蓓蓓都长出一口气，她们平安才是真正需要的日子。冯蓓蓓说的更简单，爸，我没有你们那样高的觉悟。我只想要个好爸爸，一个团团圆圆的家。

此后几年里，冯军的家庭负担不断加重。先是宋佳佳的父亲生病住了半年的医院，花去了冯军和宋佳佳一半的积蓄。接着又是冯军的母亲下地干活不慎跌伤，又住了几个月的医院，出院后宋佳佳就没让婆婆回去。她嘴上没说，心里想得很明白，儿子当了副局长，七十岁的老母亲还下地干活，乡亲们私下会戳冯军的脊梁骨。知情的人会说冯军廉洁，当副局长也没多少收入；不知情的会骂他不孝。不孝的儿子背后一定有个不孝的儿媳妇，这是大众观念。人们常说有个好儿子不如有个好儿媳，有个好闺女不如有个好女婿就是这个道理。

事实上，冯军所在的贫困县公务员的工资收入的确很低，当然，农民的收入就更少了。像冯军和宋佳佳的工资，养一个女儿，日子可以过得轻轻松松，可当他们人到中年，双方家庭老人健在，而且都在农村，需要他们供给，孩子尚未成年，需要他们抚养，加上亲戚朋友和小学中学大学同学的人情来往支出，七去八去，日子就过得紧紧巴巴了。冯军完全有机会改变这种状况，即使不伸手收受贿赂，利用职务之便给亲戚朋友经商提供便利，从中也可以得到些收入。的确有亲戚朋友找过他，汪大天就几次劝他在他的公司入股。汪大天说，全县那么多学校在改造、建设，市场大得很。我不要你投一分钱，是干股。

但是，他都回绝了。他说，我讲别的你们以为我唱高调，那我就说实话：我不想进监狱。

宋佳佳、冯蓓蓓默默而又坚定地做他的后盾。冯蓓蓓高三那年，家里发生了一件事。她的二舅，也就是宋佳佳的弟弟从部队复员后，曾想让冯军给他安排一份工作。宋佳佳给挡住了。她说你姐夫是有能力给你安排一份工作。可是，他开了你这个口子，就不能堵别人的口子。她弟弟一气之下，半年多没理她。后来，他弟弟和几个朋友一起，办了个装潢装修公司，自己承揽工程。那几年县一中、二中等几所重点学校建设工程多，装修装潢的活也多，同时竞争也相当激烈。有一天晚上他到家里找冯军，让冯军打个招呼，把县一中新建的教学楼工程交给他，冯军说我从来不插手工程的事。宋佳佳也批评弟弟没事给冯军找事。她弟弟吃了闭门羹以后，又采取迂回战术，第二天到冯蓓蓓的学校门口等她，以她姥姥想见见她为由，硬是把她拉到一个酒店里。她姥姥当时的确在场。吃饭时，宋佳佳的弟弟一个劲地抱怨姐姐姐夫不帮他，不够意思，又说冯蓓蓓小不懂世事艰辛。你爸爸妈妈一点积蓄也没有，你以后上大学舅舅帮你。饭后，宋佳佳的弟弟把冯蓓蓓送到她家的楼下，从车上拿出一盒茶叶，让她带给她妈妈。冯蓓蓓当时就打开了茶叶盒，看见里边放了一只小巧玲珑、非常精美的盒子。她虽然不知里边放着什么，但猜得出那个盒子里的东西一定很珍贵。她当即翻了脸，舅舅，您不是想让您外甥女学坏吧？说完，她转身上了楼。

这事不知怎么让一家报社的记者知道了，到学校采访冯蓓蓓。冯蓓蓓说，记者阿姨你别烦我，我不想当什么典型，也没有什么经验给你。我就是不让他们害我爸！

冯蓓蓓上大学后，学习很艰苦，但生活过得很清淡，准确地说清贫。她与第一个恋爱对象一个市长的儿子之所以分手，就是觉得那个市长的儿子花钱大手大脚，一顿饭吃了两千多一点儿也不心疼。恋爱不久，他就要带她逛商场，进了商场又专拣名牌的贵重的东西让她买，她不同意，他还说她看不起他。他还把他家所在的市驻京办的奥迪车开到学校，自己长期使用……她说我爸也是公务员，即使没他爸的工资收入高，也不至于差距这么大。

冯蓓蓓上到大四，给冯军和宋佳佳来电话时，话中开始有些牢骚和不平，主要是担心在北京找不到工作。她也让冯军和宋佳佳帮着找在北京工作的同学想想办法。冯军说现在单位招人要求很严格，招考的过程透明，你自己如果考的成绩不好，爸爸妈妈也没有办法。宋佳佳则劝女儿，在北京留不下就回来呗。爸爸妈妈就你这么一个女儿，还不舍得让你离得太远。冯蓓蓓听到这里，什么话不说就挂断电话。再往后，冯蓓蓓电话中有了埋怨，说爸爸自私，光想着自己的乌纱帽；妈妈也自私，只考虑自己的名誉。爸爸妈妈都不替女儿考虑。宋佳佳说女儿思想出了毛病。冯军虽然也有感觉，但又认为人在一生最关键的时刻，思想上有些变化属于正常，并不能说明女儿的本质变了。

冯蓓蓓大学毕业后，没有考上国家公务员，情绪一度非常低落。冯军和宋佳佳不断给她电话，让她好好准备第二年再考。她说在北京留不下就出国。后来，她考进一家国企工作，虽然有了稳定的收入，但房子、车子等等问题又成了挂在嘴边的牢骚。直到去年下半年，这种情况才有了好转。有一次，宋佳佳的弟弟对宋佳佳说，听说蓓蓓在女儿现在生活方式，生活条件，尤其是思想变化，让宋佳佳大为困惑。

北京混得不错，房子有了，车也有了。宋佳佳听了大吃一惊。她打电话问冯蓓蓓，冯蓓蓓才告诉她找了个男朋友。宋佳佳问她男朋友是做什么的，她不耐烦地说以后告诉你们。

一段时间里，宋佳佳吃不香，睡不安。她和冯军商量，利用学校放假到北京看个究竟。果然，不看不知道，一看吓一跳，女儿现在生活方式，生活条件，尤其是思想变化，让宋佳佳大为困惑。她想，只有见女儿的男朋友才能弄清真实情况，那就等几天吧！

她也只有等的份儿了。

四

宋佳佳在北京三天过去了，依然没见到女儿的男友。

冯蓓蓓请了几天假在家陪母亲，用她自己的话说做几天"全职女儿"。宋佳佳自第一天晚上跟她去簋街吃了一顿饭，排队排了大半天，又嫌太闹腾，就再也不愿到饭店吃饭。冯蓓蓓只好戴上围裙自己下厨房自力更生。她小时候经常自己做饭做菜，尤其是尖椒土豆丝和红烧肉做得最拿手。

你男朋友能吃惯你做的饭吗？宋佳佳用筷子指着盘子里的辣椒问。冯蓓蓓刚说一句他和咱口味一样，突然又停下了，不悦地说，妈您不能别老纠缠着问这些问题？

宋佳佳一愣，我，我只是随便问问。她不理解女儿为什么对她和她男朋友的事那么敏感。

母女俩默不作声地吃完了一顿饭。宋佳佳心里很不是滋味，隐约感到女儿有什么事情瞒着她和冯军。同时，明显感觉到女儿与她这个当妈的距离在拉远。究竟是什么原因，她自己也回答不清楚。

冯蓓蓓好像意识到了对妈的态度不好，吃完饭主动对宋佳佳说，妈，我已经和医院的朋友联系好了，明天就陪你去作检查！这是我奶奶我爸交给我的一项光荣而又神圣的任务，我必须保质保量完成。

宋佳佳的心口疼已经有几年了。她也在县医院作过检查。医生看了她做的 X 光片以后说是心脏没什么毛病，可能压力太大，休息不好。这次她到北京来，冯军叮嘱她找个医院去查一查。冯军还让她带上一万元钱，被冯蓓蓓挡住了。冯蓓蓓说，爸，你是寒碜你女儿。我妈到北京看病还要从家里带钱，那还要我这个女儿在北京干什么？

其实，冯军对冯蓓蓓经济上的变化也产生过疑问。她找的这个男朋友到底是做什么的？这也是他让妻子到北京"考察"一下的原因。他对宋佳佳说，要真是正儿八经的，遵纪守法做生意的，那就尊重女儿的选择吧！我们也没理由没必要非得给女儿定个择偶标准。所以，宋佳佳最着急的是和女儿的男朋友见面，了解下他的真实情况。让她感到蹊跷的是，女儿对这件事不是躲躲闪闪就是想法儿绕开。没办法，她只好答应和女儿去医院。

检查的结果让宋佳佳非常震惊，是慢性心脏病，专家建议她手术，放支架，不能再拖延，否则会威胁到生命安全。冯蓓蓓看到检查结果，当场就哭了。妈，您怎么对自己的生命这么不负责！病成这个样子还坚持工作，您是想当英雄模范？她又给冯军打电话，爸，您这个做丈夫的太残酷了，妻子生命都危险了，您还不给她看。

宋佳佳陷入了深深的恐惧和痛苦之中。生命对每一个人来说都很重要。她当然不希望自己的生命在这个时候终结。她答应了专家让她住院做手术的要求。可是，当负责办理住院和手术手续的护士长报出费用时，她惊得目瞪口呆。因为那个数字对于她这个普通的中学教师来说，简直是天方夜谭。她坐在医院走廊的长条椅上，双手抱着头，心情坏到了极点。

妈，我给爸打个电话。冯蓓蓓在宋佳佳身边说，您不用愁手术费医药费，我都包了。这点钱算什么！

宋佳佳抬起头，惊恐地看了女儿一眼。冯蓓蓓一下子紧张起来。妈，您怎么这样看我。我又不偷不抢，不找爸爸打招呼帮忙做什么事，您担心您闺女给您行贿呀！宋佳佳把女儿的手拉在自己怀里紧紧地抱着，好像生怕女儿丢下自己。冯蓓蓓的手感觉到了妈妈的心跳，又通过手输送到她的心脏，把她的心和妈妈的心贴近了。她亲着妈妈的头发，竭力控制着冲动的情绪，没有让眼泪流下来。突然，她觉得眼睛一闪，妈妈的头上已经有了几道白发，她再也控制不住，泪水像喷泉一样喷湿了妈妈的头发。

因为手术要预约，宋佳佳的手术时间要在第三天。不一会，冯军的电话过来了。他告诉宋佳佳，一定要照专家的嘱咐去做。不要担心钱。我已经请了假，明天晚上的火车就赶过去。在你手术之前我一定会到医院。

宋佳佳的情绪稳定下来以后。冯蓓蓓才陪她离开医院。在她居住的小区地下停车场，又遇上了宋佳佳刚来那天晚上在电梯和停车场见过的一对男女。这次，宋佳佳在电梯间又看了那个男的一眼，觉得心里特不舒服。回到家里，她又说了一句，那女孩做什么的，不怕爸爸妈妈反对呀？

冯蓓蓓说，我认识那女孩，比我晚一届。她上大学时就和那个男的认识了。

那——宋佳佳不知该用什么语言形容自己的心情。

冯蓓蓓说，妈，我知道你心里想的啥。可是你不知我心里想的啥，更不知那个女孩心里想的啥。她开了一瓶可乐，倒了一半给宋佳佳，然后挽着宋佳佳坐下，继续说道，就说那女孩吧，父母都是国家干部，但是都像我爸和你一样清正廉洁。

宋佳佳说，清正廉洁有什么不好。无论哪朝哪代，清正廉洁都是一家人平安的基础。

冯蓓蓓正在修指甲。那枚挂在她胸前的红宝石在灯光下闪烁，让她越发显得气质高雅。她说，妈您得了吧。我不了解官场，我男朋友了解。他说他搞工程、开煤矿，接触的官员不少，真正清正廉洁的不多。他认识的一个县煤管局长，光在北京就十几套房子，其中有几套还是大别墅。

宋佳佳不信，这官胆也太大了吧？他就不怕出事？

冯蓓蓓冷冷一笑，有人告过他。可是，他的上级让他买通了，保他。你没听说官场上流行的一句话，出事的都是得罪了领导的。平时只要不贩毒，不走私，不反党，也就是不得罪上级，就不会出事。我爸爸就是胆小……她见宋佳佳脸色不太好看，就转了话题。得，得，不说我爸。我再跟你说那女孩。她大一大二大三都还很努力，到大四开始联系找工作，去网上向招聘用人单位投简历，然后就去面试，坐地铁，转公交，再换乘车，两三个小时找到地方，就这样来来回回折腾，回到宿舍累得连饭也不想吃——

那就不能回自己家，为什么非留在北京？宋佳佳不解。

冯蓓蓓说有那么简单吗？我有几个中学同学大学毕业回去，有的到现在还没找到工作。公务员每年就招那几个人，事业单位在改制，也是有进必考，县属企业大都改制了，到民营企业打工，钱赚得艰苦不说，不知哪句话哪件事不称老板的意就炒你鱿鱼。再说，中国的工资分配制度你又不是不知道，像咱那儿一个县长一年的工资能比得上北京一个科长的收入吗，更不用说和那些垄断性的大企业比了。

宋佳佳听女儿说的是实情，无可奈何地叹了口气，说，过去到西部工作的大学毕业生，都是挑了又挑，选了又选的，党员、班干和学生会干部、优秀学生才能有这样的机会。

冯蓓蓓说，那都是老黄历了。咱接着说那女孩。她爸爸妈妈和你与我爸爸的观点一样，就是你刚才说的，在北京留不下就回老家。她这时才大梦初醒，认为爸爸妈妈不关心她。

宋佳佳皱了皱眉头，仔细地看着女儿平静的神情，心里有些不安。女儿会不会借着说那个女孩，发泄自己的情绪呢？想着，她插话说，这女孩就不对了，怎么怪爸爸妈妈不关心她呢？一个人的前途、事业，在很大程度上取决于个人的努力。再者说了，回老家就没前途，这也太武断了吧？

冯蓓蓓抬着看了妈一眼，说，妈，您这话真说对了。

宋佳佳高兴了。她终于找到了和女儿的切合点。但是，冯蓓蓓接下来的话又让她心情沉重起来。她说，那女孩不想给爸爸妈妈找麻烦，自己的事自己解决。她参加了一家大企业的招聘考试，成绩不错，顺利地进入了面试。可是，问题就出在面试这一关。咱们现在的一些政策，那是故意给有权有钱的人创造条件。就说面试吧，招八个人，面试比例非得一比一，十六个，面试看上去有标准，实际上有很大的操作空间。结果，成绩排前边的面不上，排后边的却面上了。那女孩后来一打听，上的人不是有关系就是花了钱。

宋佳佳说，不是那么绝对吧？我有个学生不是考进银行了吗？我认识他父母，都下岗工人，在北京有什么关系？冯蓓蓓眉毛一扬，哼，你说的那人我也认识，在驻京办吃饭时见过。你不知道吧，他大三时认识他同校一个比他大三岁的研究生女孩。那女孩她爸就是那家银行的一个领导。

宋佳佳半天没说话。她相信女儿的话是真的。不用说北京，就是她所在县城也是同样。老师们闲下来时，也会对社会上的事情说三道四，全县 30 个乡镇，加上 20 多个部委办局，把主要负责人排一排，主要来源有三个方面，一是过去担任过市、县领导或者市、县部门领导人的子女；二是跟市、县领导做过秘书或者服务过的；三是其父辈与市、县领导一个部门工作过，有交情的。她曾把听到的这些说给冯军听，冯军听了不是沉默不语，就是长长叹息。所以，她找不到说服女儿的理由，只好说，那她就找个老头子呀？

冯蓓蓓反驳说，找个同龄的也是同时期毕业的能解决什么问题？他就算是挺优秀，考上了公务员，或者进了大企业，一年那点儿工资收入到哪年哪月能买房子？背着贷款当房奴吗？还要不要孩子，拿什么让孩子接受好的教育？家里的父母老了又拿什么尽孝？找个老板，一是疼她，既有父亲对女儿的关爱又有丈夫对妻子的宠爱；二是可以少奋斗 20 年，房子、车子都是现成的……

宋佳佳生气地说，这样的女孩，不是发贱吗？把自己的青春当作
资本。

冯蓓蓓说青春当然是资本，而且是价值最高的资本。

宋佳佳说，你这是歪理邪说，做女人最重要的是贞节名誉。那样
才受人尊重。

冯蓓蓓冷冷一笑，妈呀，您这是什么观念？现在你说这个话，没
有几个女孩信服。贞节也好名誉也罢，能比生存重要，比生命重要？
你也不是没看电视上，报纸上说的，那些落马的省部长市县长有几个
没有女人，他们的女人中有明星吧，有让人羡慕的电视台主持人吧，
还有的女人是当官的吧？这些女人平日里哪个不以为别人尊重她们？
她们难道不也是用漂亮的脸蛋和身体当资本？

宋佳佳说那毕竟是少数，是女人中的败类！

冯蓓蓓说得了吧，不出事时谁一语道破她们败类。有的演员、主
持人和当官的出了事，最多被网民骂几句，过一段日子照样出来红红
火火。有人说可能又跟别的当官的睡了……

宋佳佳觉得再和女儿争执这些可能会对女儿产生负面影响，就说
困了，睡吧！冯蓓蓓倒了杯开水让她服了药，又给她铺好床，帮她脱
了鞋子。

躺在床上，宋佳佳翻来覆去睡不着。她无论怎么想也想不明白女
儿的观念为什么会发生这么大的变化。是环境的影响，周围人群的影
响？女儿大学毕业时就该坚持让她回去。就这么一个女儿留在身边多
好。可是冯军就是不开这个口，不给女儿找个合适的工作。这个冯军，
多少年来家里的事一点不办。她弟弟从部队复员，他也没给找个事做。

　　她弟弟自己开公司，想让他打个招呼揽点工程，还被他训了一顿。他
自己的姐姐、哥哥也都埋怨他没人情味，把官位看得太重。现在这世
道，清清白白做官的不光官运不通，而且会众叛亲离。排在他后面的
副局长有的已当了副县长。他呢，荣誉倒是落了几个，什么廉政建设
先进，什么优秀工作者，还有⋯⋯，落了个好口碑，几次民意测验，
他的票数都领先。他说这就是民意。宋佳佳过去也一直很满足，一个
农民的儿子能到今天已经不容易了。所以，她总是理直气壮地站在冯
军一边。过去女儿也是他们的支持者。可是这两年女儿言语中透露出
的却与以往截然不同。让她自己最苦恼的是，在同女儿讨论一些人生
话题时，她常常被女儿举的大量触目惊心的事例说得哑口无言——

　　宋佳佳从床上起来，走到窗前，拉开窗帘向外看去。窗外的世界
尽管是深夜，依然灯火辉煌，五彩缤纷，一派繁华景象。繁华背后，
我们子女的精神世界到底是什么样子，难道不应该关注吗？她颓然地
坐在床沿上，脑子一片混乱，心也空荡荡的，不知不觉流下泪。女儿
卧室里不时传出笑声，她在和什么人通电话，说的是出国的事。那笑
声听起来不像儿时那样纯洁，不像前些年那样生动，而是带有放荡，
甚至说淫荡，让她听起来是那么陌生，那么悲凉。她长长地叹了口气。
孩子大了，属于社会了，做父母的已经无能为力改变他们的生命轨道。
她这样安慰自己。

　　冯蓓蓓卧室的门轻轻响了一下。宋佳佳赶忙躺回到床上。她先是
听见卫生间传来动静，不一会，冯蓓蓓在门外喊她，妈，我有点事要
出去一趟，您先睡吧！

　　宋佳佳到阳台上向下看，她想看到女儿的身影，然而茫茫灯海之

中，女儿在哪里呢？

五

早起是宋佳佳多年养成的生活习惯。县城中学过去有早课，班主任都要跟班。她做好早饭，然后在客厅里一边翻着旧杂志，一边等女儿起床吃饭。七点到了，女儿没起床；八点过了，女儿那边还没有一丁点动静。她有些不放心，女儿昨晚没回来，抑或住在外边了？她走到女儿卧室门前，犹豫了一会儿，敲门，还是不敲门，拿不定主意，怏怏地回到沙发上坐下。

又过了半个小时，冯蓓蓓起床了。她还没洗漱完，就回了卧室，稀里哗啦地像在翻什么东西，接着又匆忙到了客厅，茶几上、电视机座上，甚至连沙发下边都翻腾了一遍。宋佳佳问她找什么，她回答说红宝石不见了。宋佳佳一边帮着她找，一边问她，那枚红宝石挺贵重吧？冯蓓蓓没有回答。她好像心里上了火，喝了一杯冷开水，翻腾东西时的手脚重了，咣当咣当，把衣柜和抽屉弄得发出呻吟和抗议声。沙发的几个靠垫也被她扔到了阳台上。接着，她的喘息声也变粗了，眼泪在眼眶里直打转转。

宋佳佳看女儿着急，心里也跟着发慌。她说你昨天晚上回来的晚，会不会落在车上了。冯蓓蓓这才拿着车钥匙到地下车库，在车上找到了那枚红宝石，阳光和笑容又回到了她的脸上。回到屋里，她抱着宋佳佳亲了一口。我的好妈妈，还是您智慧！

宋佳佳也长舒了一口气。她说看你刚才着急的样子，找不着恨不得自杀。

冯蓓蓓捧着那枚红宝石对宋佳佳说,妈,您不懂,所以就不知道它的价值。您看看它温润细腻、晶莹剔透的质地,手指划过有丝柔水润般的感觉,就像你女儿的肌肤和长发。你再看它的成色,好像里面射出光来……我不给您讲那么多了,讲了您也不懂。您看您女儿戴着它好看吗?

宋佳佳点点头,禁不住赞叹地说了句女儿味更足。

冯蓓蓓又高兴地搂住宋佳佳的脖子,妈您说得完全对。我老公说了,佳人颈间悬垂红宝石,会让佳人更具女人味道,更懂得忠诚,是人类最美的装饰品……

宋佳佳听到这里,突然想起来了,当年汪大天送她一枚环状的东西时,曾经说过这样的话。她捧着仔细看了看,心跳一下加快了。对,就像这枚红宝石。难道?她的脸色一下子涨得通红,严厉地问,蓓蓓,这东西你是从哪弄来的?

冯蓓蓓一边穿衣服,一边不耐烦地说,买的!

宋佳佳不信,你买的?它的价值你知道吗?你买得起吗?你给妈说实话,是谁送给你的?

冯蓓蓓进了卫生间,扔下一句话,造假的多了,你去几个古玩市场看看。

宋佳佳的确不懂宝石,但是一个女人的天性告诉她,一块好的红宝石尤其是这种有一段历史的红宝石,一定具有独一性。她从第一眼看见女儿脖颈上戴着这枚红宝石,就有种似曾相识的感觉。现在,她几乎可以断定,这枚红宝石就是当年汪大天曾经送给她,被她退回的。难道汪大天通过女儿让冯军为他办什么事了?不对,没听冯军提起过,冯蓓蓓也从没有给冯军说事。那就是另外一种可能，她不敢想的可能。她把那枚红宝石小心翼翼地放在餐桌上，然后去厨房盛饭。那个她不敢想的可能在她脑海里闯来跳去，让她想得头疼。

妈，我帮您找了个专家，您就放心做手术吧！冯蓓蓓刷着牙，对宋佳佳说。宋佳佳感觉女儿是在回避谈那枚红宝石的事。不过，她决定还是要问个究竟，心里踏实。

没想到，她刚提这个话题，女儿突然火了，把饭碗一丢，起身进了卧室。她愣怔地坐了一会也跟了进去。这回没等她问，冯蓓蓓接过红宝石挂在脖子上，大大方方地说，这就是汪大天送给我的。

他是不是想打通你的关节，让你爸给他办什么事？宋佳佳问，又说，闺女，你千万不要背着你爸爸招揽麻烦。

冯蓓蓓不屑一顾地说，妈，你以为我们非得找我爸才能办成事？老汪和书记县长、市长的关系比我爸都铁。他在咱县城的房地产，哪一块地皮是我爸给办的？给你实话实说吧，老汪根本就看不上我爸。

你们？宋佳佳睁大了眼睛，惶惶不安地问，你认识汪大天？

冯蓓蓓这次没有回避，点了点头。她回到客厅，冲了一杯咖啡，坐在沙发上慢慢地品着，一幅心不在焉的样子。妈，您不到健忘症年龄吧？老汪和你、我爸是同学，又是咱县咱市有名的大老板，想认识他的人多了。

宋佳佳说，我就不想认识他。

冯蓓蓓说，事实是你认识他，这总是不可回避的吧？又不满地说，我弄不明白，你们那一代人的仇富心态有点畸形了，一说老板就给人家戴顶灰色的帽子披件黑色大衣，仿佛老板就是阶级敌人。人家老汪怎么了？人家是有钱，几个亿都不止。可人家那几个亿是财富，不是偷来抢来的，用着大大方方，坦坦荡荡。据我所知，老汪的小学、中学、大学同学中只有你和冯军与他没来往。他朋友圈子里县长局长副市长的都有，和老汪都称兄道弟。老汪对他们以及对他们在北京的子女照顾得都很好……

宋佳佳惊奇地问，汪大天还有大学同学？他什么时候上的大学，骗你小孩子吧！

冯蓓蓓说，我首先声明，我不是小孩子了，辩别能力丝毫不比你和爸差。至于老汪的学历，你说他花钱买的也好，人家就是博士。他外语是差了些，老是把爱拉夫油念成爱拉猪油——她说着笑了起来，喝到嘴里的咖啡也喷了出来，说，我骂过他，你爱拉猪油还不如拉石油挣钱呢。

你和汪大天这么熟吗？宋佳佳这回更惊奇了。直到这时，她还不敢把女儿和汪大天联系在一起。

冯蓓蓓大大方方地回答说，当然熟了。咱县驻京办一年就几万块钱活动经费，全吃老汪。我给它起名字叫"啃汪办"。这"啃汪办"一请客或举办活动，老汪就来，一来二去不就熟了。再说，她知道我是冯军和宋佳佳的女儿，对我特别亲。

宋佳佳问，他没让你找你爸办事？

冯蓓蓓不耐烦了，妈，您能不能别这样咄咄逼人？老汪听说您来北京了，要住院动手术，打算请您吃饭。有什么话您当面问他吧？

宋佳佳生气地说，我凭什么和他吃饭？

冯蓓蓓说，是县驻京办给您接风，老汪买单。您不给老汪面子，不能不给县驻京办面子吧?

那就等你爸来了再说! 宋佳佳的确不想单独见汪大天。前年一个同学的儿子结婚,她陪着冯军去赴宴,在宴会上见到了汪大天。汪大天虽然不像有些老板那样脖子里挂着又粗又长的金项链,手指上戴着钻石戒指,身上穿着名牌,说话大大咧咧,但他说话不讨她喜欢。比如他称县委书记,县长都直呼其名,某某那小子听说我回来了,硬要请我吃饭。我说了,一辈子同学三辈子亲,我同学的儿子结婚就等于我儿子结婚,我能缺席吗? 这期间,他一直想找机会接近宋佳佳,宋佳佳则故意回避。互相敬酒的时候,他端着酒杯走到她面前,她不能拒绝了。那么多同学会反过来说她小气,再说,不看僧面看佛面,这毕竟是同学儿子的婚礼。他敬酒时悄悄说了一句,你让冯军盯紧一点,这回别再把局长的宝座让人抢了去!

宋佳佳回到家,把汪大天的话说给冯军听了。有人说汪大天是咱县地下组织部长,他能操纵让谁上让谁下,我都奇了怪了。冯军苦苦一笑,说听他吹呗,吹牛皮又不要报税。后来,汪大天让同学捎信给她和冯军,说是冯军如果需要帮忙尽管找他。她和冯军一口回绝了。这回,冯军会接受他的宴请吗? 她心里没底。

冯军没有如约到北京来。县里一所山区小学的教学楼被暴雨淋塌,十几个小学生受伤。教育局长不在家,他这个主持工作的副局长离不开,是在去事故的路上给宋佳佳打的电话。他在电话中再三请求妻子原谅,你手术时我不能陪在你身边了,心里很过意不去。宋佳佳说孰轻孰重我宋佳佳还不清楚。这可是天大的事,老冯你一点不能掉以轻心。放下电话,她难受地流下泪。她是一名教师,非常疼爱自己的学生。听说孩子受伤，心像被刀割了一样疼痛。

县驻京办的宴会，她在冯蓓蓓的再三动员下去参加了。一进酒店的豪华包间，看见两个男人正交头接耳说话。冯蓓蓓喊了一声，老汪，我妈来了，还不迎接！那两个男人这才忙不迭地站起来，上前与宋佳佳握手。他们一个是县驻京办张主任，一个是汪大天。汪大天穿一件红色短袖衬衣，打着黑色领带，看上去显得年轻了几岁。让宋佳佳惊异的是，他戴了一幅眼镜。她想，这小子该不会戴的平镜吧？汪大天和她握手时，正好站在她和冯蓓蓓中间。她清楚看出汪大天比冯蓓蓓矮了两指。汪大天的目光落到冯蓓蓓脖子挂着的红宝石上，脸上露出欣喜。这一细节被宋佳佳捕捉到了。

冯局长不能来太遗憾了！张主任说，这件事发生的也太突然，省领导都批示了，非常重视。县长也正往出事地方赶！

汪大天接着说，看起来要追究责任了。

宋佳佳的心格登一下。每次地方上发生安全生产或其他恶性事件，上面都会追究处理几个干部，有警告的，有撤职的，还有的法办。县长有一次在县长办公会上说，咱班子就这么几个人，一年处理一个，一届下来剩下不了几个。那么大个县，你能知道哪个地方会出事？何况往往又是突发的。冯军作为教育局副局长，正好分管农村小学这方面的工作，农村小学校危房改造上级三令五申，你们县怎么还有危房，还会伤亡学生？

冯蓓蓓说，就该追责，越严厉越好！把那些对老百姓麻木不仁的官员统统撤职查办！我爸爸这样的好官员才有机会。

宋佳佳白了女儿一眼，心想，这孩子怎么说话不靠谱呢？

该上桌了，汪大天抢先一步把椅子向后挪了挪，请宋佳佳坐。然后又给她铺好台布。这家饭店是做粤菜的，第一道上的汤。他又主动为宋佳佳和冯蓓蓓盛汤，对张主任却说，你自己动手吧！冯蓓蓓坦然自若，而宋佳佳对汪大天的殷勤有点诚惶诚恐。一再说，我自己来，自己来！冯蓓蓓脱口而出地说，妈，您就给老汪为您服务的机会吧！说完，发现宋佳佳的神情不对，又赶忙解释说，在这桌上你今天是客人嘛。她又给汪大天使了个眼色，汪大天忙点点头，是呀，佳佳你今天是客人。冯蓓蓓拿起面前餐巾盒中的毛巾朝汪大天扔了过去，呸，怎么没大没小地对我妈，你得称我妈老师！汪大天又冲宋佳佳说，宋老师好，尊师重教是传统美德，我为老师服务是应该的！冯蓓蓓高兴地笑了。

宋佳佳从女儿与汪大天来往的眼神和对话中，隐约感觉到他们之间的关系非同一般，但到底是长辈与晚辈之间的关系，大朋友与小朋友之间的关系——她想不清楚也不敢往下想。

汪大天的手机响了。他看了一眼来电显示，说了声抱歉，拿起手机向外走。冯蓓蓓刚才还笑容灿烂的脸瞬间变得阴冷了。她好像不在乎宋佳佳和张主任的存在，嚯地站了起来，椅子也被她带倒在地上。她怒气冲冲地跟上了汪大天。宋佳佳一时茫然不知所措。张主任端着酒杯过来给她敬酒，说，宋老师，你生了个漂亮女儿，有福啊！宋佳佳觉得他的话中有话，但又不好拉下脸来。就在这时，门外响起冯蓓蓓的嚷嚷声，姓汪的我警告你，你要再和那个女人来往，我就废了你！

张主任看了宋佳佳一眼，那一眼太深奥了，让宋佳佳感到很艰涩；那一眼太锋芒了，让宋佳佳如刺在身。她突然后悔，后悔不该参加今天的宴会，后悔不该跟女儿来北京，后悔……

汪大天和冯蓓蓓是一起回来的。冯蓓蓓好像余怒未消，脸上阴云沉沉。她把右手里的手机朝桌子上轻轻一扔，左手里的手机却是朝桌子上一拍。她左手拍的手机是汪大天的。宋佳佳的心猛地跳了一下。汪大天却完全是另一种模样，依然满面春风，笑容谦和，坐下就给宋佳佳敬酒。宋老师，这第一杯酒敬你和冯军恩恩爱爱走到今天不容易。

宋佳佳看了一眼冯蓓蓓脖子上的红宝石，觉得有必要对汪大天提点醒。她说，汪大天你也老大不小的人，又是大老板，老同学忠告你一句：千万别学坏。我最近听到一个顺口溜说，男人五十才更坏，怀里搂着下一代！

汪大天一下子愣住了，看了冯蓓蓓一眼。冯蓓蓓目瞪口呆地看着宋佳佳，脸上一片茫然。张主任倒是脑门儿灵活，接上句说，那不叫坏叫本事，叫能耐，用咱老家的话说是老母牛掉酒缸里——（醉）最牛！

冯蓓蓓给宋佳佳夹了一只油炸大虾，嗔怪地说，妈您这都是从哪学来的，男人五十就不能爱年轻女孩子？都什么歪理邪说。

汪大天也接上说，我也听说北京流行的顺口溜，身高不是距离，年龄不是问题——他还没说完，就被宋佳佳打断了。宋佳佳这次暴了脏口，说这都是些什么屁话，流氓拿来哄骗无知少女的。她说完起身进了卫生间。汪大天看着宋佳佳略显苍老、疲惫的背影，不知是出于同情还是怜悯，感慨地说，差距就差在观念上啊！冯蓓蓓拉了汪大天一把，你给我老老实实地坐着吧，能不能少说几句，别惹我妈生气。她明天就要动手术了！

这顿饭实际上不欢而散。冯蓓蓓回到家就埋怨宋佳佳，人家老汪

> 跟您这样说吧，您总以为您在世道这个水里趟的
> 年数多，可咱县城就是小水塘，比起来北京是大海。
> 大海的水多深？我游一次比您在水塘里游一百次一千
> 次喝得水都多。

怎么得罪您了，您鼻子不是鼻子脸不是脸，让人家多没面子！

宋佳佳说，姓汪的说的是人话吗？和我这老同学说说还行，可你还在场，你是个涉世不深的黄毛丫头。

冯蓓蓓笑了，还黄毛丫头呢。我都大学毕业三年，奔小 30 的人了。跟您这样说吧，您总以为您在世道这个水里趟的年数多，可咱县城就是小水塘，比起来北京是大海。大海的水多深？我游一次比您在水塘里游一百次一千次喝得水都多。

宋佳佳说，所以我和你爸怕你被淹着。

六

宋佳佳的手术非常成功。

从手术室里出来，她看见女儿冯蓓蓓，冲她笑了一笑，示意女儿放心。可是，当她的目光看到手捧鲜花的汪大天时，笑容即刻逝去，把脸扭向一旁。进了病房，她毫不客气地对冯蓓蓓说，你不要让我再看到汪大天那张脸！冯蓓蓓仿佛受了很大委屈，眼泪一下子流了出来，说，您这不是故意难为你女儿吗？这医院是老汪找的，专家是老汪请的，就连这样单间的高干病房也是老汪出面找院长解决的。你女儿哪有那么大本事啊！

宋佳佳说我不要他同情他帮忙。我就一个乡下的中学教师，住什么高干病房？说着她就要从床上下来。冯蓓蓓按住了她，你身体里放得支架是不是也要取出来？妈，我真想不明白您观念还这样落后。

宋佳佳说你说我落后就落后，不高兴就甭叫我妈。

冯蓓蓓说您别再给我爸添堵了行不行？

宋佳佳一愣，你爸，你爸他怎么了？

冯蓓蓓扶着宋佳佳重新躺好，拿毛巾给她擦了擦脸，然后又给她倒了一杯温开水。宋佳佳看见冯蓓蓓脖子上的红宝石，不高兴地扭过脸，茶杯也没接。冯蓓蓓扶着她，让她把水喝了。她说，我原不想今天告诉你，你刚做完手术要休息。

宋佳佳急了，什么事你就快说，你越不说我心里越着急。

冯蓓蓓说，咱县不发生小学教室倒坍砸伤学生的事吗？上边挺重视，要追究责任。有人想把责任推到我爸头上。

宋佳佳一听又急了，忽地坐起来。怎么能推他头上，盖校舍的事又不归他管，他管的是教学。

冯蓓蓓说，可赶上了我爸在下大雨前两天到那个地方去过，回来准备向财政局等有关单位反映，这还没来得及不就出事了。人家就说他对群众反映的问题不关心。

宋佳佳急得眼泪都流出来了。这不是牵强附会硬要整人吗？我早就给你爸说，下边矛盾多，你能少下去就尽量别下去。他就是不听。别人是遇着矛盾绕着走，他是吹着浮士找矛盾。看看，又让别有用心的人逮住小辫子了吧！局长马上要调走，赶到这节骨眼上……

冯蓓蓓说，你也别着急上火。你着急上火有什么用？这事老汪答应出面给摆平。

他，你说汪大天？宋佳佳哼了一声，我发现你是被他骗了。他不就有俩臭钱，凭什么？

冯蓓蓓回答，就因为他有俩臭钱，才能摆平这件事。过去有句话叫有钱能买鬼推磨，现在升级了，叫有钱能买磨变鬼。老汪经常帮人

188

红宝石

摆平事。你有个同学的老公在咱县交通局当局长，他前年犯事您应当知道吧？

宋佳佳有个大学同学的老公在县交通局当副局长。前年那位副局长被施工队检举受贿案发。她同学知道冯军的学生在纪委工作，找到她和冯军，让冯军关照一下。冯军说我不管纪委工作，就是管纪委，也帮不了你这个忙！她同学哭着骂着离开她家，说她和冯军两口子不是人。一周以后，那位交通局副局长被放了出来，官复原职。他们俩口子专程到宋佳佳楼下放了一串鞭炮，气得她饭也没吃。此后，那位副局长夫妇连着三个晚上宴请亲朋好友，席间大骂冯军两口子装孙子！有的人说是你们送的太少。宋佳佳知道后问冯军怎么会这样？冯军苦笑着摇摇头，眼角流下两颗硕大的泪珠儿。今天，女儿冯蓓蓓一讲，宋佳佳才明白是汪大天从中运作的。她想起冯军说过的一句话。如果让我重新选择，我绝不会踏进官场！

这件事情以后，宋佳佳曾有一段时间的苦闷。她甚至动摇过，彷徨过。后来一想人已过百了，既然上半生平平安安过来了，那就平平安安走完这一生吧，清贫也好苦难也好……

冯蓓蓓见宋佳佳沉默不语，以为触动了她的心。她没有继续往下说，出去打电话了。宋佳佳想给冯军打个电话，问问他那边的情况。拨了几个号以后又停下了，她知道这个时候冯军一定很忙，也一定很苦恼，不然他不会连电话也不打一个。难道真的像蓓蓓所说有人想给冯军扣屎盆子？她不敢往下想。再用几年就退休了，局长可以不做，但也不能栽个跟头。

一阵淡淡的香味沁人心肺，宋佳佳睁开眼睛，看见了怀抱鲜花的汪大天和张主任。张主任笑容可掬地说，宋老师的气色不错，比手术前显得还年轻了。他扭过头看着汪大天，这都是汪老板介绍的专家医术高。听说这个专家是专为省部级高官操刀的！

汪大天连说了几声应该，应该！

宋佳佳对张主任说想和老同学单独聊聊。张主任知趣地离开了。

汪大天从包里取出一堆瓶瓶罐罐，上边写的全是英文字母。汪大天说，这都是从美国捎来的高级补品，对你的病有好处。

宋佳佳示意汪大天坐下。汪大天犹豫了片刻，搬了张凳子靠墙边坐下了。他好像猜测出宋佳佳会给他说什么，一开始有些局促不安，很快就镇定自若了。

宋佳佳问，我们家冯军是不是又要替别人顶雷？

汪大天点点头，说，市里昨天夜里开了个紧急会议，会上决定要处理一名县领导一名镇领导和教育局领导。有一位副书记点了冯军的名，说他在出事前去过那里。

宋佳佳竭力保持着镇静，她不想让汪大天看出自己软弱。

汪大天说，这事闹得有点大了！现在，中央和各级领导非常重视校园安全问题。出了这样的事，想包也包不住，没人出来顶雷怎么能过得去。

宋佳佳淡然一笑。

汪大天来了电话。他看了一眼，神神秘秘地冲宋佳佳挤巴下眼睛，走到阳台上接听起来，喂，是我，你汪大哥，兄弟，那事办得怎么样了？我给你说，这个冯军是我小学中学的同学，倍铁的哥们！对，对，就是那个冯副局长——

红宝石

　　宋佳佳听得出来汪大天是在故意说给她听。她也十分牵挂着这件事，所以欠了欠身子，侧耳听着。

　　汪大天听对方说了一会，脸上露出焦急和不耐烦的表情。兄弟，哥今天把话给你挑明了。你们谁要是动我这个哥们，别怪我汪大天翻脸不认人！挂上电话，汪大天松了口气，好像心里舒坦多了。宋佳佳向他招了招手，让汪大天坐下，想和他谈谈蓓蓓的事。可是话到唇边又咽了回去。汪大天精明过人，猜出了宋佳佳的心思，有点不好意思。他看了看表，又看了看窗外，冲宋佳佳笑了笑。

　　宋佳佳终于想到了开头的话。她说，蓓蓓一个人在北京，我和冯军每天都为她担心。她现在老大不小的了，我们想给她说个婆家。我们没有过高要求，只要两个人年龄相配，有稳定的收入，对她好就行了！她的话没说完，冯蓓蓓火急火燎地一头钻了进来，接上她的话茬说，这事不用你和爸操心。现在都什么年代了，还干涉儿女的婚姻。妈，我告诉你，我要找的男人首先要有房，没房住哪里？住露天地？租房？我受不了。其次要有钱，我想要什么都能买得起。不能让我囊中羞涩。当然还要对我好，像我爸一样疼我……

　　宋佳佳瞪了她一眼，说什么呢？你是找老公不是找老爸！

　　冯蓓蓓说，现在就时髦找老爸式的老公！一是事业有成，不要再艰苦奋斗；二是知道疼人，不像一些大男孩还得我疼他，累。

　　汪大天听着这母女俩的对话，走也不是坐也不是，脸上的表情也瞬息万变。最能表现的是两颊的两块肥肉，一会儿紧巴巴的，一会儿松垮垮的。冯蓓蓓忍俊不禁地笑了，轻轻打了他一巴掌，说，老汪，你能不能让你脸上那两块肉别跳舞？

汪大天嘿嘿笑着，瞅准这个时机，一边应着一边走出了病房。

宋佳佳责备女儿，说，不管咋说，老汪长你一辈，你怎么说话没大没小，还对他动手动脚。

冯蓓蓓嘻嘻笑了，他就一活宝！

宋佳佳没有再追问女儿男朋友的事。她现在一脑子装得都是丈夫冯军的命运。

七

一周过去了，宋佳佳在医生护士精心照料和女儿冯蓓蓓的关爱下，恢复得很快很好。这天早上，她给冯军通了个电话。她问冯军，那个事完结了吗？

冯军说，你不要着急出院。我的事不用你担心。我们得相信组织，组织会公平处理的。

宋佳佳长长地叹了口气，说你每次都这样安慰我。五年前那次提局长，你民意测验、组织考察票排第一，你说相信组织，结果呢……我听你这话都没信心了。

冯军沉默了一会儿就挂断了电话，让她感到惊异。是他精神压力太大，一时疏忽，还是觉察到了什么，不愿触及，为什么不问一句她见没见到女儿的男朋友呢？她决定还是由她给女儿摊牌。这个事情不弄明白，她的心脏病治好了，心病也会发作。

聪明的女儿好像猜透了她的心思，一连两天都以单位加班为名，没到医院里来看她。这期间汪大天倒来过一趟，是给她说冯军的事。汪大天说宋老师你放心吧，冯军的事基本上摆平了，这次处分的人里没有他，最多也就写个检讨，走走形式。

宋佳佳说你别叫我老师。咱们是同学。你这样叫我听着特别扭。

汪大天说那是那是，一辈子同学三辈子亲。我第一次见蓓蓓就觉得很亲。

说完几句话，两人没话说了。她不想再在汪大天面前提女儿的事，就自然而然地问起汪大天生意上的事。这些年不大见你回老家，在哪儿发展啦？

汪大天诡秘地笑了笑，掏出纸巾，假装要打喷嚏，走到门外果然啊嚏啊嚏了几声，进了屋又急忙掏出手机，说是要接个电话又出去了。他这次出去带上了门。他这一连串几个鬼鬼祟祟的动作，引起了宋佳佳的怀疑。她隐隐约约感觉到，汪大天和冯蓓蓓之间一定有什么事情瞒着她。汪大天过了一会进来告辞，她也没有挽留。汪大天走后，她马上给冯军打了个电话。

汪大天这些年在哪里，在干些什么你听说过吗？她直截了当地问冯军。

冯军迟疑了一下，说你管他在哪里、干什么，咱又不靠着他吃靠着他喝。

她说，我看见咱家蓓蓓脖子上挂着枚红宝石好眼熟，和那年汪大天要送我的一模一样。我就问了蓓蓓，蓓蓓说是汪大天送她的。我真担心……

还没等她说完，冯军在那边发了火。你别担心这担心那疑神疑鬼的好不好。你现在第一任务是休息，是养病，病好了就出院回家来。说完就挂断了电话。

她既委屈又不安，哼哧哼哧地哭了。这时，冯军的电话又打过来。他说我正在反省，正在写检查，情绪不好，刚才对你发脾气耍态度，实在抱歉，请你别往心里去。听见她在哭，他更加不安，接连说了几个对不起。你当妈的关心孩子可以理解，孩子再大，在父母面前还是孩子。不过，孩子毕竟长大了，有自己的见解，自己的追求，自己的梦想，我们做父母的……唉，怎么说呢？我觉得你的担心有点多余。他汪大天再说也是咱俩的同学，孩子的长辈。就算……他，他也不能那么没人性吧！

放下冯军的电话，宋佳佳心里舒服了一些。

临出院前，冯蓓蓓和汪大天一起来了。她决定相信冯军的话，拿出了老同学的热情，对汪大天一口一个老同学地叫着，还提到了好多他们小学和中学时代有趣的事情。汪大天也好像回到了那个年代，深有感触地说，那时候大学生在女孩子心目中才是白马王子，找个大学生是多荣耀的事啊！可事实呢……凭老同学你的条件，当初如果不是嫁给冯军，现在哪能过得这么难。听说你在菜市场买菜，为鸡蛋涨价还和人家卖鸡蛋的吵得红脸……

宋佳佳气得一句话也说不出来。汪大天说的事的确是事实。你总不能连事实也否定吧？

汪大天坐了一会，说是去帮着办出院手续出去了。宋佳佳问冯蓓蓓，你男朋友到底还来不来？她的目光咄咄逼人地看着女儿的眼睛。当了多年教师的她，深信眼睛是心灵的窗户这句话。

冯蓓蓓的目光很坦然，回答得也从容不迫，他已经来了！

在哪儿？宋佳佳的心一下提到了嗓子眼。她已经意识到将有什么样的事情发生。

　　冯蓓蓓指了指汪大天刚才坐过的凳子，唻，刚才还坐在这儿。

　　宋佳佳仿佛受了莫大污辱，一下子坐起身来。由于用力过猛，身上的刀口撕裂般地疼了一阵。她的心更疼，喘息也重了。你，你是说姓汪的？他，他，他是你的男朋友？

　　冯蓓蓓不以为然地点了点头，怎么了，老汪不能做我的男朋友？是中华人民共和国宪法规定的还是联合国人权公约规定的？

　　你滚，你给我滚，别让我看见你！恼羞成怒的宋佳佳歇斯底里的吼叫着，抓起床上的枕头向冯蓓蓓砸去。冯军没有你这样的闺女，宋佳佳没有你这样的闺女。接着就嚎啕大哭，冯军啊冯军，看看你闺女多给你争光争气呀……

　　护士长听到病房里的叫声赶了过来，劝宋佳佳消消气。你不能感情冲动，不然会影响伤口愈合甚至可能引起并发症。宋佳佳说，那就让我死吧，死了啥也看不见听不见，不痛苦了。

　　护士说，再痛苦的事莫大于死亡。你死了就是把责任丢给了你的家人，把苦难丢给了你的家人。宋佳佳不想和护士辩论，拉过床上的毛巾被盖上头放声痛哭。护士给冯蓓蓓使了个眼色，冯蓓蓓无动于衷，好像已经麻木了。护士连拉加推地把她推到门外，刚要批评她，她一扭身又回了病房里。护士还想去拉她，被一直守在门外的张主任拦住。张主任说护士小姐你就别操心了。她们母女之间必须面对一场抉择！

　　冯蓓蓓进了病房，见宋佳佳还蒙着头大哭，身子也不安地滚着，两只脚拍打着床。她打开了电视，把音量调到最高，盖住了宋佳佳的哭声。然后，她走到阳台上去打电话。她这个电话打了大约半个小时。

挂断电话后，她径直出了病房。

宋佳佳哭得累了，也哭烦了。她感觉自己的心已经死亡。女儿，她的独生女儿，她的希望所在，竟然背着她和丈夫，与一个当年曾苦苦追求过她的人、她和冯军的同学、可以称做女儿父亲的人同居，而且口口声声称其为老公。这到底是怎么了？是因为从小过惯了艰苦的日子，想报复？还是消费主义时代的影响，抑或是高房价压力下的心理畸型？

她的手机铃声响了一遍又一遍，她没有理会。她猜想得到，这个时候一定是丈夫冯军的电话，但是她想不出该不该把这个消息告诉冯军，更想不出冯军听到这个消息后能不能经受得住打击。

张主任轻手轻脚地走到她床前低声说，宋老师，冯局长的电话，他请你接电话。

宋佳佳是个要面子的女人。她不想把自家的事情让外人知道，更不想让外人看这出笑话。她擦了擦眼泪，接过了张主任的电话。张主任又知趣地退出了病房。

喂，你还好吗？冯军在电话那边问。

宋佳佳一只手拿着手机，一只手捂严自己的嘴。她怕一开口，积满了胸中的痛苦、不满就会像决了堤的洪水一样喷出来。冯军等了一会，见她不回答，又说，手术很成功，这就好。不要多想其他事情了。我们都已经年过半百，不需要把所有责任都背上。

宋佳佳哽咽着问，你这话什么意思？

冯军踌躇了一会说，蓓蓓已经给我打过了电话。我开始和她吵得一塌糊涂，后来我，我……

那么说你默许她了？宋佳佳火了。

冯军没有回答。不过，宋佳佳从电话里听得出，冯军的喘息声好像拉风厢一样急促而又粗重。她又问了一遍，你冯军就这么没囊气？

冯军还是没有回答。宋佳佳忍不住地吼叫，是不是姓汪的答应给你摆平事，许诺帮你当上局长，你就向你女儿投降了？冯军你还有没有做人的尊严，还有没有父亲的责任？这么多年你的理想，你的追求，你的坚持，你的努力都土崩瓦解了吗？

冯军终于说话了。不过，他的声音让宋佳佳感到陌生，感到惊诧。那是一个苍老的男人苍老的声音、苍凉的声音、苍茫的声音。我对这些都无所求了。我已经写了退休申请。停顿一会，又说，但是，我们这代人的确没办法向蓓蓓她们解释清楚很多现实的问题，当发现我们的坚守并没给女儿带来幸福和欢乐，我们的语言在现实面前显得苍白无力，你说我们怎么办？

宋佳佳说，那，那她不该……我们俩再苦再难，一辈子不也过来了吗？你就不能好好说说她。

冯军叹了口气，说，我们是我们那个时代。你是她妈，你又有能拿出什么样的道理说服她呢？

宋佳佳回答不上来。她气恼地挂断了电话，然后毅然决然地走到阳台上。这一瞬间她想到了死。是啊，她失败了，冯军失败了，这是她无法面对和接受的事实。可是，当她的一条腿翻过阳台时，护士的话又在她耳边响起：你死了就是把责任丢给了你的家人，把苦难丢给了你的家人。她知道自己这一跳下去就解脱了，可是那将给女儿戴上终生也解脱不掉的精神枷锁。也许女儿一辈子都要在自责和痛苦中不能自拔。一个做母亲的，没有这样的权力！人不能太自私，尤其是做父母的不能对儿女自私。

她觉得自己的心已经碎了……

八

两周后，宋佳佳出院了。她坚持不回汪大天为冯蓓蓓造的那个窝，而是要直接回家。

这之前，她和女儿之间还有过一次对话，一次让她刻骨铭心的对话。她说，蓓蓓你是爸爸妈妈的好闺女。爸爸妈妈不怪你，一定是汪大天那坏东西骗了你！

冯蓓蓓说，妈，先纠正一点，汪大天不是坏东西。我不止一次考验过他，他没有三妻六妾七十二妃，一心一意对我好。他没骗我，我知道他有老婆孩子，也知道他当年追求过你！追求你就叫坏呀？

那，那他一个有老婆孩子的半大的老头子和你……

冯蓓蓓说，我愿意。他如果能离婚，我愿意嫁给他。

宋佳佳几乎要疯了，你，你是个大学生，你这，这都是怎么学的？

冯蓓蓓毫不迟疑地说，现实。妈，假如你生活在我这个时代，让你在我爸和汪大天之间选择，你也会像我一样……

宋佳佳终于明白了冯军感叹的原由。不知为什么，她强烈的愿望就是扑到冯军怀里放声大哭一场。

离京时，驻京办张主任把宋佳佳和冯蓓蓓一起送到机场。宋佳佳是回老家，冯蓓蓓是出国。这之前，冯蓓蓓已经告诉宋佳佳，汪大天已经帮她办好了出国留学手续。她出国后，他们两人就友好分手。宋

红宝石

佳佳这才知道，冯蓓蓓和汪大天是订了"君子协议"的，她和汪大天同居三年，汪大天送她一套北京的住房，再为她办出国留学手续，在国外给她存一笔可供学习期间花销的美元。冯蓓蓓说，凭你和我那廉洁清高的爸爸，连我出国的飞机票钱都不一定能拿得出来！

宋佳佳张了张嘴，欲言又止。

在和女儿分手的一瞬，宋佳佳清楚地看见，她的脖子上仍然戴着那枚红宝石。她想扯下来，狠狠地摔在地上，把它摔得粉身碎骨，可是终于没有那么做。因为她已经知道了那枚红宝石的价值……

原载《中国作家》2011年第10期

《小说选刊》2011年第11期选载